Longe como o meu querer

MARINA COLASANTI

Ilustrações da autora

PRÊMIO LATINO-AMERICANO NORMA-FUNDALECTURA
ALTAMENTE RECOMENDÁVEL – FNLIJ

editora ática

O texto ficcional desta obra é o mesmo das edições anteriores

Longe como o meu querer

DIRETOR EDITORIAL · Fernando Paixão
EDITORA · Gabriela Dias
EDITOR ASSISTENTE · Fabricio Waltrick
APOIO DE REDAÇÃO · Pólen Editorial e Kelly Mayumi Ishida
PREPARADORA · Maria Estela Heider Cavalheiro
COORDENADORA DE REVISÃO · Ivany Picasso Batista
REVISORA · Cátia de Almeida

ARTE
PROJETO GRÁFICO · Tecnopop
CAPA · Exata
EDIÇÃO · Cintia Maria da Silva
EDITORAÇÃO ELETRÔNICA · Zin Pan e Exata

CIP-BRASIL. CATALOGAÇÃO NA FONTE
SINDICATO NACIONAL DOS EDITORES DE LIVROS · RJ

C65l
4.ed.

Longe como o meu querer / texto e ilustrações
Marina Colasanti. - 4.ed. - São Paulo : Ática, 2008
136 p. : il. - (Sinal Aberto)

Apêndice
Inclui bibliografia
Contém suplemento de leitura
isbn 978-85-08-10662-2

1. Comportamento humano - Literatura
infantojuvenil. I. Título. II. Série.

06-3018. CDD 028.5
CDU 087.5

ISBN 978 85 08 10662-2 (aluno)

CAE: 210439
CL: 735427

2022
4ª edição, 10ª impressão
Impressão e acabamento: Log&Print Gráfica e Logística S.A.

Avenida das Nações Unidas, 7221 – CEP 05425-902 – São Paulo, SP
Atendimento ao cliente: 4003-3061 – atendimento@aticascipione.com.br
www.coletivoleitor.com.br

sinal aberto fantasia

Histórias sem tempo

Camponeses, viajantes, príncipes, princesas e reinos distantes pertencem a um **mundo mágico**, fora dos limites do tempo, que faz parte do imaginário de todos nós. Aparentemente distante do nosso cotidiano, esse **universo da fábula** revela, por meio de alegorias, muitos **sentimentos humanos**: medo, solidão, desejo, amor, ciúme, inveja, paixão e tantos outros.

Nesta **coletânea** de pequenas histórias de Marina Colasanti, uma boa dose desses elementos está presente: um rei encomenda 365 paisagens diferentes para suas janelas; uma pintura de mulher desperta a paixão de um príncipe; a mais bela moça da aldeia se transforma em serpente; uma princesa se apaixona por uma cabeça. Personagens como esses habitam *Longe como o meu querer* e revelam um pouco da **alma** de cada um de nós.

Não perca!

- *Fábulas que revelam aspectos essenciais da alma humana.*
- *Histórias de reinos distantes, príncipes, princesas e viajantes.*

Desfrute o prazer de percorrer reinos encantados e descobrir os vários **significados e sutilezas** desses textos. E conheça ainda um pouco mais sobre a autora, em uma entrevista exclusiva que está no fim do livro.

Sumário

A PRINCESA MAR A MAR

Três filhas tinha o Rei. E as três queria casar.

Há anos esperava paciente que crescessem, dia a dia medindo-lhes a altura e sopesando-lhes as tranças. Há anos pensava nos genros que lhe trariam, a ele que não tendo filhos homens precisava de espadas.

Afinal, seu olhar lhe disse que a primeira filha estava pronta. E a paciência deixou de ser necessária. Imediatamente mandou chamar o mais antigo e fiel de seus embaixadores e, diante da corte reunida, deu-lhe a ordem que pretendia vir a repetir mais duas vezes: que mandasse pintar o retrato da princesa e o levasse às cortes vizinhas em busca daquele que a faria rainha.

Logo, o Grande Pintor do Reino apresentou-se com seus longos pincéis, seus vidros de tintas e sua pequena barba. A princesa, vestida com ricas roupas, sentou-se para posar. Porém, passados dias e pronto o retrato, a corte desapontada sacudiu a cabeça. O quadro era belo, mas a princesa, ah! a princesa era muito mais bela que o quadro.

Decapitado, sem demora, aquele que ousara enfear a filha do Rei, um novo Grande Pintor foi nomeado, para herdar cores e tarefa. Novamente a princesa posou, e ricas eram as suas roupas. Mas novamente a corte sacudiu a cabeça diante do resultado. Dessa vez, de cenho franzido. A beleza da jovem havia ficado ainda mais distante.

Ao terceiro Grande Pintor bastou olhar a princesa para concluir que não era tão grande quanto dele se esperava. Sozinho, foi entregar-se ao carrasco.

E eis que não havia mais pintores no reino, nem Grandes nem pequenos. Ou, se os havia, tratavam de esconder-se.

— Que isso não me impeça de cumprir a ordem — disse o Embaixador ao Rei que já se inquietava. — Levarei o retrato de outra maneira.

Escolheu no tesouro real a mais linda pérola, guardou-a num cofre pequeno, e partiu em sua carruagem rumo às distantes fronteiras do Norte.

Longa, a viagem. Quando enfim chegou ao castelo daquele monarca, chegava com ele o inverno.

— Que mais me trouxe além da neve, Senhor? — perguntou-lhe o castelão do alto do trono.

O Embaixador contou-lhe então da filha do Rei. Que estava madura para casar. E quando o monarca pediu para ver seu retrato, aproximou-se, abriu o cofre pequeno e, sobre o fundo de veludo, exibiu a pérola.

— Assim é ela — disse, em voz alta, para que todos ouvissem. E erguendo a pérola acrescentou: — Bela, rara, pálida. E preciosa.

No dia seguinte, partia de volta o Embaixador,

para levar ao Rei a boa-nova. A primeira das suas filhas seria Rainha das Terras do Norte.

Sem que muito tempo tivesse passado, já o Rei ordenava ao Embaixador que mandasse pintar o retrato da segunda filha e o levasse à corte do Sul.

— Pintar não é possível, sem pintor — respondeu o Embaixador. E acrescentou: — Outro é o retrato que levarei.

Recusando a chave do tesouro que o Rei lhe estendia, desceu aos jardins, aproximou-se da mais linda roseira, cortou com o punhal o botão mais perfeito, que protegeu debaixo do manto. Em seguida subiu na carruagem e partiu.

Demorada, a viagem. Quando enfim chegou ao castelo daquele monarca, o verão chegava com ele.

— Que mais me trouxe, Senhor, além do sol? — perguntou-lhe o castelão do alto do trono.

Então o Embaixador contou como o Rei o havia enviado porque a segunda de suas filhas estava madura para casar. E quando o castelão pediu para ver seu retrato, tirou de debaixo do manto o botão que havia desabrochado, e exibiu à corte a mais linda das rosas.

— Ela é assim — disse, bem alto, para ser ouvido por todos. — Delicada, suave, rósea. A mais nobre entre todas.

Fez uma pausa, procurou com um sorriso o olhar do monarca, e acrescentou: — E tem seus espinhos.

O pretendente hesitou. Mas era pouca a ameaça diante de tão linda flor.

Já no dia seguinte partia o Embaixador para levar a boa-nova ao seu Rei. A segunda filha seria Rainha das Terras do Sul.

Mal havia chegado, e o Rei ordenou que levasse à corte do Oeste o retrato da filha menor. "E que retrato será esse?", perguntava-se curioso.

Nem tesouro. Nem jardim. O Embaixador olhou a princesa que conhecia desde menina, olhou longamente a moça que ela havia se tornado. Depois, tomando um grande frasco de vidro, foi enchê-lo no mar.

Protegeu o frasco em uma bolsa de couro macio. Subiu na carruagem. E partiu pela terceira vez.

Íngreme, a viagem. E lenta, rumo às fronteiras montanhosas. Quando enfim chegou ao castelo no alto da mais alta montanha daquele reino, a tempestade chegava com ele.

— Senhor — perguntou o castelão em seu trono —, além da borrasca, que mais me trouxe?

— Trouxe-lhe a notícia de que a terceira filha do meu Rei está madura para casar — respondeu o Embaixador, contando ainda como a conhecia desde pequena, como a havia visto crescer.

E quando o monarca perguntou como era ela, adiantou-se, abriu a bolsa macia, tirou o frasco, levantando-o bem alto, para que todos vissem.

— Ela é como o mar — disse lentamente. — Profunda e misteriosa. Cheia de riquezas escondidas. Seus movimentos obedecem à lua.

O monarca, que nunca havia visto o mar, olhava para o frasco e não via nada que correspondesse às palavras do Embaixador. Diante da corte havia apenas um frasco cheio de água transparente, sem segredos de peixes ou estrelas, sem conchas, sem ondas. Água, apenas, entre vidro. Nem sequer azul. Uma esposa assim, para que quereria?

Na manhã seguinte, ao partir, o Embaixador levava consigo o monarca. Desceram e desceram pelos caminhos pedregosos, até o mar. E chegando ao mar, apearam os dois, caminharam pela areia. A espuma alcançava suas botas sem que o monarca se decidisse a voltar. Ali estava o retrato, do qual não conseguia afastar os olhos. Mas por fim, subjugado, murmurou:

— Ela é grande demais para mim.

Pela primeira vez o Embaixador regressou trazendo uma má notícia para o seu Rei. A terceira filha não seria Rainha das Montanhas do Oeste.

O tempo não para porque uma filha de Rei está sem marido. Assim, suas irmãs casaram, bordaram pequenos enxovais, seus filhos nasceram. E estavam começando a engatinhar, quando chegou ao castelo a notícia de que no horizonte do Leste, onde não havia fronteira porque o Reino terminava no mar, uma vela havia surgido.

Cavaleiros velozes entregaram no castelo a informação de que um grande barco trazendo o Monarca dos Homens Navegadores acabara de atracar. E que este se aproximava com seus guerreiros.

Preparou-se a defesa. Quando os estrangeiros chegaram, centenas de olhos escondidos espiaram por trás das seteiras. Mas os guerreiros traziam as espadas embainhadas, presos os escudos nos arreios.

— O que o traz, Senhor, além dos bons ventos? — perguntou o Rei do alto do seu trono, quando o Monarca Navegador chegou finalmente à sua frente.

Então o visitante contou como havia sabido que a mais jovem das princesas estava madura para casar. Como, sem tê-la visto, a conhecia desde sempre. Como, conhecendo-a, queria casar com ela.

E porque o Rei parecia não entender, adiantou-se, abriu a camisa. Depois virou-se para que todos vissem. E todos viram. Tatuados em seu peito, peixes e conchas entrelaçavam-se nas ondas, estrelas-do-mar deixavam-se levar pela espuma.

— Aqui está o seu retrato — disse, alto, para que todos ouvissem — gravado sobre o meu coração.

A terceira filha do Rei também ouviu. Olhou para aqueles olhos, azuis de tanto se debruçarem sobre a água. E soube, com quanta alegria soube, que seu marido havia chegado.

UM PALÁCIO, NOITE ADENTRO

Sem nunca antes ter desejado uma casa, aquele homem surpreendeu-se desejando um palácio. E o desejo que tinha começado pequeno rapidamente cresceu, ocupando todo o seu querer com cúpulas e torres, fossos e porões, e imensas escadarias cujos degraus se perderiam na sombra, ou no céu.

Mas como construir um palácio quando se é apenas um homem sem nada de seu?

— Bom seria se eu pudesse construir um palácio de água, fresco e cantante, pensou o homem caminhando à beira do rio.

Ajoelhando-se, meteu as mãos na correnteza. Mas a água continuou sua viagem, sem que os dedos fossem suficientes para retê-la. E o homem levantou-se e continuou andando.

— Bom seria se eu pudesse construir um palácio de fogo, luminoso e dançante, pensou mais tarde o homem, diante da fogueira que tinha acendido para se aquecer.

Mas ao estender a mão para tocar a labareda, queimou os dedos. E percebeu que, mesmo que conseguisse construí-lo, jamais poderia morar dentro dele.

Talvez porque o fogo fosse quente como o sol, pareceu-lhe rever-se menino, à beira-mar. E, com a lembrança, vieram os lindos castelos de areia que construía. Agora, o mar estava longe. Porém o homem levantou-se e caminhou, caminhou, caminhou. Até chegar ao deserto. Onde mergulhou as mãos na areia e, com seu suor, começou a empastá-la.

Desta vez, largos muros ergueram-se, dourados como pão. E uma escada que levava ao topo, e um terraço que coroava a escada, e colunas que sustentavam o terraço. Mas ao entardecer o vento acordou, e com sua língua macia começou a lamber a construção. Levou os muros, desmanchou o terraço, esfarelou as colunas que o homem nem tinha acabado de fazer.

— De fato — pensou o homem, paciente —, é preciso coisa mais duradoura para se fazer um palácio.

Abandonou o deserto, atravessou a planície, escalou uma montanha. No topo, sentou-se. E em voz alta começou a descrever o palácio que via na imaginação.

Saídas da sua boca, as palavras empilhavam-se como tijolos. Salões, pátios, galerias surgiam aos poucos no alto da montanha, rodeados pelos jardins das frases. Mas não havia ninguém para ouvi-lo. E quando o homem, cansado, calou-se, a rica arquitetura pareceu estremecer, desbotar. No silêncio, aos poucos se desfez.

Era dia ainda. Esgotados todos os recursos, ainda assim não se esgotava o desejo. Então o homem deitou-se, cobriu-se com o capote, amarrou sobre os olhos o lenço que trazia ao pescoço. E começou a sonhar.

Sonhou que arquitetos lhe mostravam projetos em rolos de pergaminho. Sonhou-se estudando os projetos. Depois sonhou os pedreiros que talhavam pedras nas pedreiras, os lenhadores que abatiam árvores nas florestas, os oleiros que punham tijolos para secar. Sonhou o cansaço e os cantos de todos aqueles homens. E sonhou as mulheres que assavam pão para eles.

Em seguida sonhou as fundações sendo plantadas na terra. E o palácio saindo do chão como uma árvore, crescendo, enchendo o espaço do sonho com suas cúpulas, seus minaretes, suas centenas e centenas de degraus. Sonhando, ainda viu a sombra do seu palácio desenhar outro palácio sobre as pedras. Só aí acordou.

Olhou a lua no alto, sem saber que ela já tivera tempo de levantar-se e deitar-se mais de uma vez. Olhou ao redor. Continuava sozinho, no topo da montanha ventosa, ao desabrigo. Não habitava no palácio. Mas o palácio, grandioso e imponente como nenhum outro, habitava nele, para sempre. E talvez navegasse silencioso, noite adentro, rumo ao sonho de outro homem.

PÉ ANTE PÉ

Nariz pontudo, olhar agudo, gesto de veludo. Isso dito, está descrito o Sapateiro Real. Não do Rei, que aquele reino não possuía nenhum. Mas da Rainha, dona do cetro e da coroa.

E tampouco apenas dela, pois transbordava para uma só pessoa o talento do Sapateiro. Também das damas de companhia e, por vezes, de raras cortesãs e raríssimos cortesãos escolhidos pelo real dedo.

Entre esses cortesãos, eis que um dia veio a incluir-se o Grande General, assim chamado menos pela estatura, que era até das mais comezinhas, do que pelas incontáveis vitórias nos campos de batalha. Querendo justamente recompensá-lo pela última delas, e não havendo no reino mais medalhas que lhe pudessem ser presas ao peito, nem mais espaço no peito em que se pudessem prender medalhas, pareceu à Rainha que homenagem condigna seria ordenar que um belo par de botas fosse para ele confeccionado pelo Sapateiro Real.

Mal sabia que, embora profissional inigualável, este pouco ou nada entendia de botas. Seus dedos hábeis estavam mais afeitos a sapatinhos delicados, babuchas, coisinhas de veludo e de cetim enfeitadas com laços e empoleiradas nos biquinhos dos saltos. Mesmo os calçados masculinos em que tão raramente se via empenhado destinavam-se à corte, e eram quase tão graciosos quanto os das damas. Botas nunca haviam saído das suas mãos.

Assim mesmo, esmerou-se. Durante dias trabalhou o couro pesado, as grossas solas, os duros saltos. Tudo lhe era alheio. Franzia-se o cenho, feriam-se os dedos. Mas o martelinho batia, as agulhas subiam e desciam. E afinal, quando as botas ficaram prontas, sapecou-lhes um brilhante par de fivelas de prata, e abriu-se ele próprio num sorriso.

Ansioso para estreá-las e não tendo nenhuma oportunidade disponível, o General tratou de providenciar uma. À primeira provocação de um vizinho inimigo, declarou inevitável a batalha. E lá se foi, com as altas botas luzidias e o chapéu emplumado, à frente dos seus soldados. Verdejava o campo que logo estaria vermelho, o inimigo erguia os mosquetes de um lado, os oficiais desembainhavam as espadas do outro. O General deu o sinal. Os trombeteiros tocaram o ataque. Lançaram-se os soldados para a frente.

Mas, ao invés de sentir-se levado contra o adversário por heroica coragem, o General sentiu que seus pés retrocediam, levando-o inapelavelmente na direção oposta. A tropa boquiaberta viu seu líder sair correndo, de costas. E, embora sem entender a inusitada manobra militar, seguiu seu exemplo. Caíam alguns por falta de habilidade, tropeçavam outros, enquanto a maioria recuava como um bando de escorpiões, abandonando o campo de batalha sob as gargalhadas do inimigo.

Sem fôlego, sem glória e sem chapéu de plumas sentou-se enfim no chão o General. Descalçou as botas, e os pés moveram-se livres confirmando suas suspeitas. Eram elas as responsáveis, elas que, com suas fivelas de prata e seu brilho enganoso, haviam comandado seus passos rumo à degradação.

A cabeça do Sapateiro só não rolou porque dela gostavam os pés reais. E porque contrito penitenciou-se, confessando que por falta de hábito se havia enganado com as grossas solas, costurando-as — e

com quanto esmero! — de trás para a frente. Isso nunca mais voltaria a acontecer, garantiu.

E a Rainha, para mostrar-lhe que o havia perdoado, e para amansar o General, ordenou que fizesse para este outro par de calçados. Não mais botas, porém, que o reino não podia correr tamanho risco. Seriam sapatos, semelhantes àqueles usados na corte.

Dessa vez, o Sapateiro não precisou franzir o cenho nem ferir os dedos. Sapatos cortesãos era tudo o que sabia fazer. E sabia fazê-los melhor que ninguém. Em breve estavam prontos.

E em breve o General os calçou. E com eles nos pés foi plantar-se com suas tropas naquele mesmo campo de batalha que havia presenciado sua desonra. Enfileirava-se, de um lado, o inimigo, erguendo os mosquetes. Desembainhavam-se, do outro, as espadas. O General levantou o braço, dando a ordem. Os trombeteiros sopraram em seus instrumentos. As primeiras notas do toque de ataque saltaram no ar. As tropas saltaram para a frente.

Mas ao som das notas, os sapatos, feitos para a corte e preparados para os bailes, começaram a dançar. Girava o General, alternando os pés em saltitos. A tropa estarrecida, porém treinada para a obediência, mais uma vez seguiu seus passos. Oficiais e soldados rodopiaram, sozinhos e aos pares, bailarinos de armas na mão pisoteando com pés ágeis o campo cheio de papoulas, enquanto ao longe, cada vez mais longe, ecoavam as risadas do adversário.

Dessa vez, nem a benevolência da Rainha foi suficiente para impedir que o Sapateiro fosse trancado na mais alta torre do reino, à espera do cadafalso.

E agora ali estava ele, sentado na pedra fria, olhando lá no alto, bem no alto, a única janela da torre, e além dela o céu azul.

Durante a tarde inteira olhou, deixando gastar-se aquele azul que talvez fosse o seu último.

E o azul aos poucos gasto fez-se violeta. E o violeta cada vez mais escuro foi cortado por uma silhueta negra, depois outra, e outra. Morcegos lançavam-se na noite. Num assomo de ternura, o Sapateiro lembrou-se da sua oficina, dos sapatinhos todos pendurados no teto sobre a sua cabeça, lado a lado, par a par, montando guarda ao seu fazer, pendentes como morcegos no sono diurno.

Lá em cima entreviu outra sombra rasgante. Então descalçou os sapatos. Com muito cuidado atou-os pelos cordões. Depois, metendo a mão por dentro de um e o polegar por dentro do outro, segurou-os bem juntos, bem firmes, suspendendo-os acima do chão.

Como se despertassem ao seu toque, os sapatos estremeceram. Devagar começaram a mover-se, adejaram como duas asas negras. Duas asas que batendo a princípio lentas, depois cada vez mais rápidas, subiram erguendo o Sapateiro. E no escuro que já invadia a torre como água num poço, o levaram até a janela cruzando com ele o céu violeta.

BELA, DAS BRANCAS MÃOS

Era bonita e jovem como um amanhecer. E os homens da aldeia, todos, suspiravam por ela. Os solteiros a olhavam de frente, tentando apoderar-se do seu olhar. Os casados a olhavam de viés, escondendo o brilho dos olhos sob as pálpebras abaixadas. Os velhos e os meninos a olhavam à noite em seus sonhos.

Ela, porém, não olhava ninguém. Cuidava do seu fazer com alegria, cantava, caminhava leve com pés descalços. Pouco conversava com as outras mulheres da aldeia.

Essas também a olhavam. Mas com olhos escuros. Viam a mocinha fazer-se mulher. Viam seus homens cada vez mais atraídos. E viam-se mais feias, porque o espelho era ela.

Depois aconteceu que um moço largasse a junta de bois no meio do campo para segui-la até o rio. Houve a noite em que um marido não voltou para casa, suspirando a noite toda debaixo da sua janela. Dois jovens brigaram à faca, e se disse que havia sido por ela. O louco da aldeia enforcou-se e todos só pensaram em um motivo.

À noite, as mulheres reuniram-se enquanto ela dormia. E decidiram seu destino. No escuro ainda, a arrancaram da cama e a expulsaram da aldeia, que nunca mais voltasse. Aos homens, no dia seguinte, disseram que havia partido com um viajante.

E não houve mais bois abandonados no meio do campo, os maridos todos regressaram para suas casas à noite, as brigas passaram a ser por causa da terra. E um dia um homem perdeu a razão e a aldeia voltou a ter o seu louco.

Tudo era tranquilidade. Até o dia em que um dos homens saiu para caçar e não voltou.

Procuraram por ele no bosque, procuraram por ele no rio. E nada encontraram. Só sua arma, debaixo de um arbusto.

Passados muitos meses, quando já ninguém falava no desaparecimento, outro foi cortar lenha. E não voltou.

Dessa vez só procuraram entre as árvores. Encontraram o machado. Mas dele, nem sinal.

Durante muito tempo falou-se no homem que havia sumido. Muitos evitaram ir ao bosque. Depois, aos poucos, o fato foi se afastando na memória da aldeia, e as coisas voltaram a ser como antes.

E como antes um homem foi ao bosque, e como antes desapareceu, e como antes nada dele se encontrou.

Era o terceiro a desaparecer na aldeia. Haveria outro depois. E mais um.

As mulheres choravam com seus negros olhos.

Ninguém mais queria ir ao bosque. Porém,

estando por acabar as provisões em suas casas, dois homens decidiram que juntos o perigo seria menor. E saíram para caçar.

Muitas vezes haviam percorrido aquelas trilhas. Mas por mais que conhecessem todos os ninhos e tocas, naquele dia nenhuma criatura de pelo ou pena cruzou seu caminho. E procurando, embrenharam-se mais do que pretendiam.

Um deles ia na frente. O outro, o acompanhava. Sem que o primeiro percebesse, o segundo foi ficando para trás e, atraído por um ruído, meteu-se entre as folhagens.

Seu grito não demorou. Correu o primeiro para ajudá-lo. Mas chegando ao lugar de onde vinham os chamados, viu a metade superior do amigo, que agitava os braços e gritava por socorro, enquanto a outra metade desaparecia na boca de uma enorme serpente.

Pensou em atirar, mas temeu atingir o companheiro ou atiçar a fúria da serpente, que poderia cortá-lo ao meio. Então agarrou-o pelas mãos e, cravando os pés no chão, começou a puxar.

Puxou, puxou, puxou. E aos poucos viu a cintura do amigo sair da verde moldura daquela boca, depois apareceram os quadris, as coxas, as pernas.

Extenuado, deixou-se cair, enquanto o amigo acabava de se libertar.

Mas ao levantar a cabeça, viu que este, embora fora da serpente, sacudia os pés e lutava tentando soltar-se de alguma coisa mais. Aproximou-se. Saindo da boca da cobra, duas mãos prendiam-se aos tornozelos do amigo.

Agora eram dois a puxar. Puxava uma mão o primeiro, puxava a outra mão o segundo. E palmo a palmo um terceiro homem foi saindo como o outro havia saído. Era aquele que por último desaparecera da aldeia.

Limpavam-se os dois de suor e poeira, quando viram que o homem também sacudia os pés, presos os tornozelos por duas mãos que despontavam da boca da serpente.

Agora que eram três a puxar, nem parecia necessário fazer tanta força. Mas era. E afinal caíram os três exaustos, e o homem que acabava de sair viu que seus tornozelos estavam presos, e os quatro começaram a puxar.

Cinco homens vieram à luz dessa forma. Na mesma ordem em que ao longo dos meses haviam desaparecido da aldeia. E quando o quinto saiu, viu que ao redor dos seus tornozelos, como pulseiras de marfim, duas mãos delicadas e brancas se apertavam.

Foram sete a puxar. E surpresos perceberam que, à medida que os pálidos braços saíam da boca escura, encolhia-se, tragada para dentro dela mesma, a cauda da serpente.

Os braços nem haviam surgido inteiros, e já despontava uma cabeça de longa cabeleira, revelava-se um doce rosto de mulher. Nova delicadeza movia os sete homens. Quando a mulher enfim foi liberada, reconheceram a moça da aldeia, que acreditavam ter partido com um viajante. E estando ela nua, procuraram no chão algo com que cobri-la. Mas no chão não havia nada. Nem mesmo a longa pele da serpente.

O MOÇO QUE NÃO TINHA NOME

Era um moço que não tinha nome. Nem nunca tinha tido. Um moço que, não tendo nome, também não tinha rosto.

— Psiu! — chamavam-no as pessoas.

E ele, acostumado desde pequeno, atendia. Porém, quando se aproximava, quem o tinha chamado via em lugar do rosto dele seu próprio rosto refletido, como num espelho. E enchia-se de espanto.

Assim, sem olhos ou sorriso que fossem seus, ninguém conseguia escolher um nome que a ele se ajustasse, tornando-o único, impossível de ser confundido com qualquer outro.

Era muita ausência para ele carregar. E cedo decidiu que, tão logo estivesse crescido, dono enfim da sua vida, partiria à procura do rosto que lhe pertencia e que, certamente, havia de estar perdido em alguma parte do mundo.

Chegada a idade, juntou suas coisas, saiu da aldeia e começou a andar.

Andou e andou. Nos castelos que lhe davam hospedagem, examinava ansioso os quadros e as tapeçarias, aproximava-se atento das esculturas, mesmo as mais miúdas que enfeitavam às vezes uma sopeira de prata ou o cabo de um talher. Quem sabe, entre tantos cavalheiros retratados, entre tantos homens pintados e bordados, não estaria algum cujo rosto, por engano ou descuido, fosse o seu? Até sobre os bastidores das damas se debruçava, na esperança de que o ponto que vinham de fazer estivesse arrematando um nariz, o traço de uma sobrancelha que a ele caberia.

Desse modo viajava, fazendo seu rumo como quem atravessa um rio pulando de pedra em pedra. Passava de uma cidade a outra, de uma casa a outra, sempre procurando, nas famílias que se reuniam ao redor das lareiras, nas multidões das feiras, e até nos broches de esmalte que enfeitavam os decotes, nos camafeus e nas pedras entalhadas dos anéis.

Sem nunca, naqueles anos todos, afastar seu caminho da procura.

E nesse caminho, um dia, encontrou a moça que voltava da fonte.

Ia tão atenta para não entornar o cântaro equilibrado no alto da cabeça, que nem o viu chegar pela trilha. E quando ele se aproximou, oferecendo-se para carregar o cântaro, foi com surpresa agradecida que encarou o rosto vazio. Mais do que com espanto.

Andando devagar, para prolongar a caminhada, o moço acompanhou-a até em casa. Mas na manhã seguinte, bem cedo, foi esperá-la na fonte. E quando ela chegou, novamente se ofereceu para carregar o cântaro.

Assim aconteceu também no outro dia, e nos que vieram depois. Agora já se demoravam sentados à beira da nascente, conversando sem pressa, enquanto o tempo escorria junto com o regato. E a cada novo encontro, ela olhava os próprios olhos refletidos nele e os via ficarem mais brilhantes, olhava sua boca e só lhe via sorrisos.

Pouco a pouco, a ausência do rosto foi perdendo a importância. O moço tinha tantas coisas para contar, tanta doçura na voz, que ela passou a achá-lo mais e mais bonito. Era como se nada lhe faltasse. Nem mesmo o nome. Pois não precisava chamá-lo, já que sempre o encontrava à sua espera, não importava a hora em que chegasse.

Porém, na fonte, começavam a boiar as primeiras folhas mortas. O regato, que tinha levado o verão, lentamente levou o outono. E afinal o inverno chegou, engolindo as tardes em seu ventre frio. Breve a fonte gelaria. E a moça percebeu que, sem água para buscar, não teria mais desculpa para sair de casa.

Envolta no xale, ainda foi à fonte durante alguns dias. Mas naquela manhã em que as beiradas do regato começavam a fazer-se de cristal, o medo de perder o moço atravessou-a como um vento. Quis retê-lo, chamá-lo. Em ânsia estendeu-lhe as mãos. E quase sem sentir, num sopro, Amado! foi o nome que lhe deu.

Ondejou seu reflexo no rosto do moço. Lentamente, seus olhos espelhados perderam a nitidez, desfez-se o contorno dos lábios. Naquele vazio, só restava uma névoa. E na névoa, trazidos de longe pelo chamado de um nome, começaram a aflorar duas sobrancelhas espessas, depois a aresta de um nariz, a sólida linha de um queixo, a ampla testa. Traços cada vez mais nítidos, desenhando o rosto enfim encontrado.

Pingentes de gelo formavam-se nas folhas. Adensavam-se as nuvens. Mas ele, o homem que agora tinha rosto e nome, sorria como um sol.

COMO OS CAMPOS

Preparavam-se aqueles jovens estudiosos para a vida adulta, acompanhando um sábio e ouvindo seus ensinamentos. Porém, como fizesse cada dia mais frio com o adiantar-se do outono, dele se aproximaram e perguntaram:

— Senhor, como devemos vestir-nos?

— Vistam-se como os campos — respondeu o sábio.

Os jovens então subiram a uma colina e durante dias olharam para os campos. Depois dirigiram-se à cidade, onde compraram tecidos de muitas cores e fios de muitas fibras. Levando cestas carregadas, voltaram para junto do sábio.

Sob o seu olhar abriram os rolos das sedas, desdobraram as peças de damasco, e cortaram quadrados de veludo, e os emendaram com retângulos de cetim. Aos poucos, foram recriando em longas vestes os campos arados, o vivo verde dos campos em primavera, o pintalgado da germinação. E entremearam fios de ouro no amarelo dos trigais, fios de prata no alagado das chuvas, até chegarem ao branco brilhante da neve. As vestes suntuosas estendiam-se como mantos. O sábio nada disse.

Só um jovem pequenino não havia feito sua roupa. Esperava que o algodão estivesse em flor, para colhê-lo. E quando teve os tufos, os fiou. E quando teve os fios, os teceu. Depois vestiu sua roupa branca e foi para o campo trabalhar.

Arou e plantou. Muitas e muitas vezes sujou-se de terra. E manchou-se do sumo das frutas e da seiva das plantas. A roupa já não era branca, embora ele a lavasse no regato. Plantou e colheu. A roupa rasgou-se, o tecido puiu-se. O jovem pequenino emendou os rasgões com fios de lã, costurou remendos onde o pano cedia. E quando a neve veio, prendeu em sua roupa mangas mais grossas para se aquecer.

Agora a roupa do jovem pequeno era de tantos pedaços, que ninguém poderia dizer como havia começado. E estando ele lá fora uma manhã, com os pés afundados na terra para receber a primavera, um pássaro o confundiu com o campo e veio pousar no seu ombro. Ciscou de leve entre os fios, sacudiu as penas. Depois levantou a cabeça e começou a cantar.

Ao longe, o sábio que tudo olhava sorriu.

DE ARDENTE CORAÇÃO

Teria sido um baralho como os outros, não fosse por aquela Dama de Copas. Coroa pousada na cabeça, arminho do manto cruzado sobre o peito, rubras mangas, e na mão uma flor — papoula ou rosa? — que os dedos empunhavam como cetro. Sem um gesto. E com um único sorriso.

Imóvel, ainda assim, quantos amores provocava, e como ardia seu coração! Todos os valetes do baralho ansiavam por ela. E os reis, mais que ansiar, fremiam de paixão, ameaçando-se uns aos outros com a espada erguida e a boca dura sobre os cachos da barba.

Sorrindo com tanta constância, a Dama parecia incapaz de sofrer. E no entanto um sofrimento a habitava. Sofrimento de ciúme que subia a partir da cintura, na exata fronteira em que seu corpo acabava e começava o da Outra.

A bem dizer, nasciam as duas daquela linha divisória, embora em direções opostas. O fim do manto de uma dava início ao manto da outra, as pregas das vestes de uma morriam nas pregas das vestes da outra. E corpo acima, iguais, repetiam o mesmo arminho cruzado sobre o peito, as mesmas mangas vermelhas, o mesmo rosto, o idêntico sorriso. E aquela flor, rosa ou papoula, presa na mão como um cetro.

Mas essa igualdade ambas ignoravam, porque presas pelo meio de si e voltadas cada uma para um lado, nunca haviam se visto.

Da Outra, a Dama intuía apenas que ocupava metade do seu espaço. E que, como ela, obedecia ao destino do naipe, amando e sendo amada sem descanso. Era mais do que suficiente para fazê-la sofrer. Pois, na reduzida população do baralho, disputavam os mesmos homens.

Os mesmos, mas nem sempre ao mesmo tempo. Podia acontecer que enquanto a Dama do alto endereçasse o perfume da sua flor para o garboso Rei de Espadas, a Dama de baixo soprasse nas suas pétalas em direção ao pálido Valete de Paus. Presas pela cintura, não tinham como se desvencilhar. E toda vez que alguém embaralhava as cartas, lutava uma para ficar ao lado do seu amado, forçava a outra para ter como vizinho aquele que já lhe habitava o coração.

Todo o baralho acompanhava essas disputas. Vibravam as cortes das sequências, cada qual torcendo pela sua senhora. Agitavam-se as trincas. Empenhavam-se as duplas. Valetes e Reis se acotovelavam num grande torneio de amor. E ao fundo, divertidos, gargalhavam os Curingas.

Empenhado no seu jogo, porém, o baralho já não respeitava o dos jogadores. As cartas emperra-

vam nas mãos, colavam-se umas às outras, surgiam em ordem inesperada, recusavam-se à separação. A desobediência era flagrante, não havia mais como confiar nelas. O uso tornava-se impossível.

Em breve, ninguém as queria para partidas. Alguém ainda tentou utilizá-las para paciências. Mas nem para a impaciência serviam mais. E afinal foram abandonadas no fundo de uma gaveta.

Tédio e escuridão. Empilhadas na ordem em que haviam sido deixadas, as cartas suspiravam lembrando seu passado ardente. Mas só o roer dos carunchos fazia eco a seus suspiros.

Tédio durante um longo, longo tempo. E eis que um dia alguém abre a gaveta e pega o baralho.

Convocadas pela luz, nem bem despertas, as cartas já querem se lançar à atividade. Mas algo diferente se passa. Ninguém as embaralha, ninguém as separa por naipes ou as distribui. Como estavam, são depositadas no tapete, quase largadas. E dedos gordinhos cheirando a bala, dedos de pequenas unhas um tanto sujas pescam a primeira delas.

É um Valete. Que se vê colocado de pé sobre o tapete, perigosamente inclinado para a frente. Um Ás vem parar diante dele, inclina-se. Os dois se encostam no alto. Ao lado, um Quatro e um Três são postos na mesma posição. Por cima um Rei deitado, servindo de teto. Logo outras duplas, outro teto. E outras. E outros.

Vazado como se feito só de janelas, todo quinas e equilíbrio, cresce pouco a pouco sobre o tapete um castelo.

As cartas, divertidas, descobrem-se a um só tempo paredes e habitantes da transparente arquitetura. E já estamos no segundo andar do castelo de cartas quando a mão menina pega as Damas de rubro coração.

Suspense no baralho. Reis e Valetes retêm o fôlego. Quem ainda está no tapete olha para cima. Quem já está erguido, olha para o lado. É assim, em plena expectativa, que cada carta, gelada de súbito espanto, vê o inesperado. Os dedos gordinhos dobram as Damas ao meio e vincam a cintura em ângulo reto.

Ei-las frente a frente pela primeira vez. Olham-se a Dama do alto e a Dama de baixo. Examinam-se percorrendo detalhes. Os mesmos cabelos repartidos, a mesma gola levantada, a mesma papoula — ou seria rosa? — desabrochando na mão. Iguais todos os detalhes. Igual o conjunto. Igual, perfeitamente igual uma à outra.

Sorri a Dama de cima seu eterno sorriso, dessa vez endereçado à Dama de baixo. Sorri a Dama de baixo seu sorriso idêntico, dessa vez voltado para a Dama de cima. E as duas mais que sorriem. Porque olhando-se percebem que assim dobradas não há mais de cima, nem de baixo, mas apenas uma Dama, repetida em outra como em um espelho.

Contagiados por tanto sorrir, faíscam de contentamento os Ouros, estremecem os Paus, fremem as Espadas, palpitam as Copas. Todo o baralho vibra. E a vibração percorre o castelo, que ondeia, oscila, descamba, se enclina, desliza. E farfalhando vem abaixo.

Valetes e Reis, caídos no tapete em meio às outras cartas, olham esperançosos ao redor. E em cada olhar vai a mesma pergunta: "Será que a sorte me derrubou ao lado da Dama?".

NO DORSO DA FUNDA DUNA

O sol atravessava lentamente o céu. E abaixo dele, bem abaixo, um emir com sua caravana atravessava o deserto. A claridade era envolvente como um sono. Mas de repente, pelas frestas dos olhos apertados, o emir viu a figura escura de um homem recortar-se no dorso de uma duna. De um homem e de uma cabra.

Que parasse a caravana, ordenou o emir. Um homem sozinho no deserto é um homem morto.

— Mas não estou sozinho, nobre senhor — respondeu o homem, levado à presença do emir.

E este, tendo logo pensado que uma cabra não é companhia suficiente em meio às areias, penitenciou-se no segredo da sua mente. Certamente aquele era um homem santo que vagava em penitência, e tinha a companhia da sua fé.

Assim mesmo, convidou-o a seguir viagem com eles. E diante da recusa, ordenou que se lhe dessem alguns pães e um odre de água. Em breve, a caravana partia.

O homem apertou as espirais do turbante, puxou uma ponta do pano sobre a boca, e acompanhado pela cabra recomeçou a andar.

O sol tinha refeito seu percurso muitas vezes e estava do outro lado da terra, quando um tropel de cavaleiros quase pisoteou o homem que dormia com a cabeça encostada na barriga da cabra. O primeiro cavaleiro puxou as rédeas, saltou na areia. O homem acordou num susto. O tropel parou.

— Um homem sozinho entre as dunas é um homem inútil — disse o cavaleiro, que chefiava aqueles piratas do deserto. E o convidou para que se juntasse ao bando.

Mas quando o homem recusou a oferta, acrescentando que certamente era um inútil embora não estivesse sozinho, o chefe dos piratas achou que debochava dele, e mandou que o surrassem. Sem demora e sem ruído, pois cascos não ecoam na areia, o tropel partiu.

Os ferimentos da surra há muito haviam cicatrizado, no dia em que uma caravana de peregrinos passou no seu caminho. E assim como ele a viu chegar com prazer, também os peregrinos consideraram a presença daquele homem e daquela cabra um sinal propício, e decidiram acampar ao seu lado no dorso da duna.

Armadas as tendas, acesos os fogos, o chefe da caravana convidou o homem a comer. Os peregrinos sentaram-se ao redor, a comida passou de mão em mão. Só quando ela acabou, o velho perguntou ao homem o que estava fazendo no deserto.

E o sol ainda não havia se posto, e a lua ainda não havia surgido, quando o homem começou a contar.

Havia sido um homem próspero de uma próspera cidade, uma cidade que com seus minaretes e muros surgia em meio ao deserto. Marido de uma boa esposa, justo pai dos seus filhos, tinha sempre grãos na despensa, e a figueira junto à porta da sua casa a cada ano dava frutos. Um dia, chamado pelos negócios, havia partido em longa viagem. E ao regressar, não mais havia encontrado sua cidade. Só depois de muito indagar entendera que o deserto, soprado pelo vento, havia passado por cima dos muros, engolindo os minaretes, as casas e a figueira. Toda a sua vida estava debaixo da areia. Mas, onde, na areia? E havia começado a procurar.

— É por isso que até hoje anda no deserto? — perguntou o velho chefe da caravana.

Os dentes do homem brilharam à luz da lua que já se havia levantado.

— Ando porque ainda sou morador da minha cidade — respondeu. Inclinou-se, encostou o ouvido na areia, quedou-se atento por alguns minutos. — Há muito os encontrei — disse, erguendo-se.

Sorriu novamente. No ventre daquela duna, debaixo da caravana acampada, estavam os minaretes, as casas, a figueira. Estavam seus filhos e sua mulher. E ele podia ouvi-los a distância. Através da areia que os separava, podia ouvir os gritos dos pregões, as preces dos muezins, o riso da mulher e das crianças que certamente agora haviam crescido.

— Caminho para isso. Para estar sempre acima deles. Para escutar sua vida.

— As dunas — acrescentou — vagueiam pelo deserto. E eu vou, acompanhando a minha.

Pouco faltava para a manhã. Ao alvorecer, os peregrinos partiram.

Mas o vento tinha ouvido o relato do homem. E a próxima caravana que por ali passou já não o encontrou. A duna soprada grão a grão havia eriçado sua crista, cobrindo o homem e sua cabra como antes cobrira muros e minaretes. E abrindo caminho para eles, lentamente, até seu ventre.

POR UM OLHAR

Não gostava de companhia. Mas sofria com a solidão. Assim, para evitar a presença das pessoas, sempre mais ruidosas e imprevisíveis do que podia suportar, escapando contudo à vazia imensidão das salas e salões, aquele Príncipe havia mandado pintar nas paredes do seu palácio cenas cheias de personagens, com as quais se acompanhava.

Se o dia parecia arrastar-se mais lento que de costume trazendo o tédio em seu rastro, dirigia-se o Príncipe às longas galerias onde, de ponta a ponta, de chão a teto, uma caçada acontecia. Nervosas perseguições ocupavam então seu tempo. Empinavam-se os cavalos pintados, fugiam os cervos saltando na floresta, os cães lançavam-se sobre os javalis, e revoadas de pássaros manchavam o céu enquanto dos arcos tendidos as flechas apontavam para vivas carnes.

Se era a noite que se alongava quase roubando horas do dia, ia o Príncipe para o grande salão. Ali, pintados ao redor, nos trechos de parede que se alternavam a altíssimos espelhos, damas e cavalheiros dançavam, conversavam, bebiam em finas taças. E as superfícies espelhadas multiplicavam os pares, tornando mais reais os pálidos rostos, os ricos trajes que brilhavam à luz de tantas velas acesas.

Para distraí-lo em qualquer ocasião as alegrias do mundo haviam sido representadas nos quartos, nas salas e corredores, sem que nunca o Príncipe precisasse sentir-se só, sem que nunca verdadeiras presenças viessem perturbar sua fragilidade.

Entre tantos cômodos, porém, o que mais frequentemente recebia sua visita era a Sala dos Mancebos. Ali, jovens nobres pareciam conversar altivos no canto de uma praça, com seus punhais na cintura e seus queixos erguidos, de perfil alguns, contra a paisagem outros, mostrando o rosto emoldurado pelos cachos, os corpos modelados pelas pregas das roupas. Tão bem sentia-se o Príncipe entre seus pares, que às vezes punha-se de pé junto à parede, parado como se dela fizesse parte, e deixava-se ficar durante horas, envolvido ele também naquelas conversas inaudíveis.

Prazer igual não encontrava na Sala das Donzelas. Mais que estranho, sentia-se indiscreto entre aquelas moças que conversavam e bordavam nos grandes bastidores. Os gestos delicados, as mãos pequenas, o longo panejar das saias não eram para ele. Percebia nos olhares oblíquos e nos rostos inclinados uma troca de segredos que nunca o incluía. Ademais, por alguma razão que lhe escapava, nenhuma daquelas donzelas lhe parecia digna de atenção. Ou as via pálidas demais ou muito coradas, ou demasiado magras ou altas em excesso, ou espigado o cabelo ou muito grande o pé. Fosse o que fosse, passava pela porta, dava uma olhada lá dentro. E sem se demorar, seguia em frente.

Teria mantido inalterada a quase rotina imposta por suas preferências se uma manhã, querendo presenteá-lo por ocasião do seu aniversário, o pintor da corte não lhe tivesse feito encontrar uma nova sala. A Sala da Ponte.

Na parede que se opunha à porta, bem no meio, via-se uma ponte em arco sobre um canal com cisnes. De um lado, continuando pela parede da esquerda, cochichavam as Moças. Do outro, expandindo-se pela parede da direita, exibiam-se os Rapazes. E ao longe, verdejavam montes.

Desde logo, essa sala tornou-se a sua favorita. Diariamente a visitava. Incorporava-se ao grupo dos Rapazes, rivalizando com eles em beleza e fidalguia. Imitava-lhes os gestos. E só não lhes imitava os trajes porque era em seu próprio guarda-roupa que o pintor havia-se inspirado.

Não demorou muito para que, como eles, dirigisse seu olhar para o grupo das Moças.

E, entre as demais, a viu. Não a percebeu de imediato, quase encoberta que estava pelos ombros de uma e o braço erguido da outra. Mas seu rosto era de um oval tão gentil, e tão luminosa a sua pele, que depois de tê-la visto não viu mais nenhuma.

Que nome teria aquela donzela? perguntava-se suspenso pelo gesto delicado dos seus dedos. E com

o olhar acompanhava a linha mais clara que dividia seus cabelos, as ondas em que eles lhe desciam pelos ombros. Que idade seria a sua?

Nenhum dia mais se passava sem que o Príncipe fosse à Sala da Ponte. Nem hora transcorria sem que olhasse para a donzela. E a cada hora, mais crescia o desejo de ser olhado por ela.

Mas ela, ah! ela não o olhava.

Buscava inutilmente o Príncipe atrair o seu olhar. Mas por mais que fizesse, não conseguia arrancá-lo do ponto em que parecia fixado. Um ponto preciso, situado talvez além dele ou mais para o lado, entre os Rapazes.

Lentamente, deslocando-se um pouco a cada dia e estudando aqueles olhos que o ignoravam, procurou colocar-se na justa direção.

Aproximou-se mais dos Rapazes. Sentiu que ainda não era aquele o lugar. Recuou. Porém continuava fora do raio de visão dela. Recuou mais um pouco. Deu um passo para a direita. Preparou-se para dar outro. E então, quando o seu corpo já se movia em busca do ponto exato, percebeu, num súbito latejar do sangue, que o Rapaz ao seu lado olhava para a Moça. E que era para ele, para aquele rosto duro de afiada barba, que o olhar dela se lançava por entre as outras jovens e por cima do rio.

Tão novo aquele sofrer. E já tão longo. Dentes cerrados, o Príncipe não hesitou. Avançou de um passo. E se sobrepôs ao rival.

Agora, interceptado o olhar que tanto havia buscado, era ele, e só ele que a Moça via.

Na parede em frente, além da ponte, a Moça entre outras Moças pareceu sorrir. Ele, único Príncipe entre os Rapazes, certamente sorriu. Mas atrás dele havia um jovem de duro rosto. E no exato momento em que o olhar da Moça, aquele olhar de almíscar e mel, pousou nos seus olhos como um beijo, o Príncipe sentiu a lâmina de um punhal enterrar-se nas suas costas. Escurecida a vista, o sangue subiu-lhe à boca, quente como as palavras que estava prestes a dizer.

DEBAIXO DA PELE, A LUA

Chegado o tempo, uma moça se fez mulher. Mulher não como as outras, porém. Tão clara a sua pele! E por baixo dessa pele, vinda da própria carne, uma luminosidade que aflorava em certos dias, e nos seguintes se intensificava, dia a dia, luz a luz, até alcançar o esplendor de tantas chamas frias, de tantas imóveis estrelas. Então os cabelos da mulher se faziam mais cheios, leite gotejava dos seus seios, e as bacias e as tinas da sua casa transbordavam.

Aquela mulher tinha a lua debaixo da pele.

E estando uma tarde à porta da sua casa, quando o sol já se punha, foi vista pelo homem mais rico da região, que ia passando a cavalo.

Nunca ele havia encontrado uma mulher como aquela, mais semelhante às pérolas do que às outras mulheres. Imediatamente, a quis em casamento.

Na escuridão do quarto nupcial, porém, surpreendeu-se o homem percebendo que a pele da esposa não era tomada pelas sombras mas, ao contrário, destacava-se ainda mais pálida do que ele a havia visto aquela tarde. E com o passar das noites sua surpresa tornou-se espanto, enquanto a mulher se fazia mais e mais clara, iluminando a princípio as superfícies próximas, e logo derramando sua luminosidade de prata em todo o quarto.

"Essa mulher", pensou o homem cheio de desconfiança, "vai acabar brilhando mais com sua luz do que eu com meu dinheiro".

Sem demora, alegando que ela só luzia para impedi-lo de dormir e que o levaria à morte, desfez o casamento.

De novo em casa, a mulher que tinha a lua debaixo da pele iluminou sua solidão durante algum tempo. Mas não tardou muito para que a luz percorresse em direção oposta os mesmos caminhos que a haviam trazido, recolhendo-se à escuridão do corpo, e deixando a mulher apagada e pronta para longos sonos.

Cedo passou seu tempo de repouso. E uma noite, prudentemente fechadas as janelas para que sua plena luz não perturbasse as trevas alheias, foi vista por um ladrão que passava rente ao muro.

Era uma fresta apenas, que deixava vazar a luz por entre os postigos. Mas bastou a lâmina daquele raio para chamar a atenção do ladrão. Aproximou-se sorrateiro, espiou para dentro. E lá estava a mulher, luzindo.

"Que belo dinheiro posso tirar dela exibindo-a nas feiras!", pensou faiscando seu olhar de gato.

Esperou até que se deitasse, que estivesse bem dormida. Então forçou um trinco, abriu um batente, entrou com passos leves e, atirando em cima dela uma capa preta, carregou-a na escuridão.

Morava em uma cabana longe dali. Chegando, prendeu a mulher ao pé da mesa com uma corrente, atirou-se na cama e começou a roncar. Roncou o que restava da noite, roncou todo o dia seguinte. Só acordou ao anoitecer, hora de ladrão trabalhar. E saiu, não sem antes avisar à mulher que quando tivesse roubado dinheiro suficiente para comprar um cavalo, uma carroça e algumas roupas vistosas iria exibi-la nas feiras.

Voltou de manhã com os bolsos cheios e alguma comida. Sem dizer palavra, pôs-se a roncar. E o mesmo aconteceu nos dias seguintes. Desse modo, dormindo com o sol e saindo ao escurecer, o ladrão não percebeu que a luz da mulher perdia pouco a pouco a intensidade que haveria de fazê-lo rico. E na noite em que afinal, tendo juntado o dinheiro necessário, resolveu ficar em casa, deparou-se com uma mulher igual a qualquer outra, sem o mínimo brilho, apenas mais pálida que as demais. Na feira, quem iria pagar para ver uma mulher apenas pálida?

Furioso, soltou a corrente e empurrou sua prisioneira porta afora.

De novo em casa, a mulher que tinha a lua debaixo da pele. Apagada e sonolenta. Mas não por muito tempo.

Dessa vez, quando as tinas começaram a transbordar e a cabeleira derramou-se cheia, ela nem esperou o pôr do sol. Trancou bem a porta, fechou bem fechados os postigos das janelas, vedou cada frincha. Que ninguém a visse!

Não sabia que no alto, entre as telhas, a luz escapava denunciando-a.

Só havia sono ao redor, quando alguém bateu à porta.

Levantou-se a mulher, cautelosa. Abriu uma fresta.

À sua frente, um cavalo negro. E no alto da sela, envolta em um manto tão escuro que mal se lhe distinguiam os contornos, uma dama.

Antes mesmo que a mulher avançasse no umbral, sua pele estremeceu por sobre a lua, sua luminosidade ondejou como reflexo de lago. E ela soube quem tinha vindo buscá-la.

O cavalo sacudiu a crina, impaciente. A dama debruçou-se, chamando-a. Sem voltar-se para olhar sua casa, a mulher estendeu a mão, e montou no cavalo da Noite.

ERAM TRÊS, E UM PRECIPÍCIO

Uma estrada no campo, alguns arbustos, um certo sol de quina. E naquela estrada, dois cegos esmoleiros esperando a improvável passagem de alguém caridoso, capaz de meter em suas mãos uma moeda.

Assim estavam, entre um suspiro e um passo, quando naquele ar de poucos ruídos ouviram um cacarejar de galinha.

Uma galinha à beira da estrada? Surpreenderam-se. Mas outro cacarejar fez-se ouvir. E não havia dúvida, era mesmo uma galinha. Acompanhando o som, tateando, um dos cegos descobriu o ninho entre os arbustos, o outro cego sentiu as penas que o roçavam em fuga. E juntos, embaralhando dedos, tocaram um ovo, dois ovos, três ovos mornos. Era um tesouro vezes três.

O primeiro pensamento foi comê-los ali mesmo. Porém, o segundo lhes disse que isso equivalia a desperdiçar o achado. E, vencendo a fome, decidiram que melhor seria vendê-los no mercado. O mais velho tirou o gorro de lã, embrulhou nele os ovos, guardou o embrulho debaixo da camisa e do casaco, junto ao peito. Depois se viraram para começar a viagem.

Mas um se virou para a esquerda, o outro se virou para a direita. E ambos perceberam que não sabiam em que direção ficava o mercado. — Perguntaremos! — exclamaram cheios de determinação. E seguiram caminho.

Caminharam. Caminharam. Iam pelo meio da estrada, quando de repente um dos cegos tropeçou, quase levando o outro. Havia trombado com uma cabra que vinha em direção oposta. Uma cabra atada a uma corda. Uma corda segura por um homem. Um homem cego, esmoleiro, que esperava a improvável passagem de alguém caridoso capaz de depositar-lhe uma moeda na mão.

— Por que não vem conosco para o mercado? — perguntaram-lhe os outros dois, passados alguns minutos de conhecimento. E logo sugeriram que poderia vender o leite da cabra. Ou, quem sabe, até mesmo a cabra.

A cabra, o cego disse, não venderia. — É minha guia — explicou com um sorriso de poucos dentes. Mas o leite...

Assim agora havia uma estrada no campo, uma cabra rebocando três cegos, e um sol aproximando--se do alto.

Caminharam. Caminharam. Até chegarem a uma encruzilhada de onde saía um atalho estreito. Foi nesse atalho que, levada pelo desejo de grama mais verde (ou pela suspeita quanto às intenções dos seus novos donos), a cabra se desviou. E atrás dela se desviaram o cego que vinha segurando a corda, o outro cego, que apoiava a mão no seu ombro, e o terceiro cego, que segurava o cinto daquele. Os três acreditando estarem no caminho do mercado.

Não demorou muito, o calor e a exigência do estômago anunciaram o meio-dia aos três companheiros. Era hora de parar. Procuraram uma sombra, e sem dar-se conta de que haviam se abrigado junto a uma casa, sentaram. O dono da cabra tirou uma cebola da bolsa de couro, o mais velho tirou um pão do seu alforje, o menos velho soltou a garrafa que trazia presa à cintura. Partilhando tudo como se fosse muito, comeram e beberam. Depois se deitaram e, sem precisar fechar os olhos, adormeceram.

Na casa não havia ninguém. Os donos tinham ido de manhã cedo ao mercado, levando alguns animais para vender. O cabritinho não, que ainda era muito novo. Tão novo que quando viu a cabra pastando solta baliu, sacudiu sua pequena cauda, e aproximou-se saudando-a com ligeiras marradas. Dela não se apartou mais.

O primeiro cego acordou. O segundo cego acordou. O terceiro cego acordou. Para perceber que estavam todos despertos, foi preciso que um bocejasse, que o outro se coçasse e que o terceiro ouvisse os dois.

Se andassem rápido, disse o mais velho, poderiam chegar ao mercado antes do anoitecer. E o dono da cabra, ainda de gatinhas, apressou-se a procurá-la. Chamou, tateou na grama, achou uma ponta de corda, segurou-a com firmeza. Depois, já erguido, deu-lhe uma sacudidela avisando sua guia, e sentindo que avançava, acompanhou-a obediente.

Pensava, o coitado, estar acompanhando a cabra. Na verdade, seguia uma vaca que os donos haviam deixado pastando, e cuja corda colhera por engano. Quem acompanhava a cabra era o outro cego, que nem mais velho era, mas que havia encontrado a corda. E junto à cabra, trotava lá na frente o cabritinho.

Na estrada, uma vaca, uma cabra, um cabrito, três cegos. E um sol que, novamente, estava um pouco de quina.

Caminharam. E ainda caminhando perguntaram-se quanto distaria o mercado, sem perceber que em sua direção avançava, a cavalo, um salteador. O salteador, esse sim, os percebeu de longe. E os viu fáceis de enganar, donos de um lote de animais pelos quais poderia conseguir bom preço.

— Senhor — perguntou o primeiro cego, ouvindo o aproximar-se dos cascos —, poderia nos informar quanto falta para chegar ao mercado?

— Ah! bom homem, bem que eu gostaria — respondeu em voz lamentosa o astuto —, pois é para lá que estou indo. Mas sou cego. Quem conhece o caminho é este cavalo que me leva.

Como havia previsto, os três acreditaram ter encontrado um semelhante. E tendo ele proposto que seguissem juntos, caíram confiantes no laço, julgando estarem sendo todos conduzidos ao mercado pelo cavalo. Não podiam imaginar que o salteador os levava em direção a um precipício, do alto do qual tencionava lançá-los para apossar-se dos seus animais.

Caminharam um bocado, até chegar junto ao ponto em que a campina parecia acabar no nada. Dizendo-se cansado, o salteador sugeriu uma breve parada. E antes que os outros sentassem, apeou, avançando rápido para empurrar o primeiro cego. A rapidez foi sua perdição.

Pois o cego, percebendo nos ruídos o aproximar-se do homem e desconhecendo-lhe o malquerer, deu dois passos na sua direção, tropeçou no cabritinho que se havia interposto entre os dois, e caiu para a frente de braços estendidos. As mãos espalmadas, só as mãos, atingiram no peito o salteador. Que desequilibrado cambaleou, arranhou o ar tentando se segurar em alguma coisa e, pernas ao alto, despencou no abismo.

— Senhor — chamou o cego, querendo se desculpar pelo encontrão. E, estranhando o silêncio: — Senhor — chamou novamente sem obter resposta.

— Senhoooorr! — chamaram depois de alguns minutos os outros dois em voz mais alta. E nada. O senhor não atendeu.

Que homem mais estranho, comentaram os três. Vai ver, tinha se ofendido por aquele esbarrãozinho à toa e ido embora. Mas eles agora, como fariam?

Estavam os três com seus animais à beira do precipício pensando que direção tomar, quando o cavalo relinchou.

— O cavalo! — exclamaram aliviados. Ele conhecia o caminho para o mercado. Ele os levaria. E, embora sem entender por que seu dono havia ido embora a pé, um atrás do outro montaram na garupa.

Lá se foram os três cegos, e mais o cavalo a vaca a cabra e o cabritinho, sem saber que estava quase ficando escuro. E que não estavam indo para o mercado. Pois o cavalo, sentindo-se tocado por aqueles seis calcanhares ossudos e vendo que o dia já se acabava, havia tomado o único caminho que realmente conhecia. O caminho de casa.

Chegaram que era noite. O cavalo parou, os três cegos apearam. Silêncio ao redor. Quieto assim o mercado não podia ser. Onde estariam? Esperaram parados, bateram palmas, chamaram. Esperaram mais um pouco. Começava a fazer frio. Era preciso achar um abrigo. Então avançaram com cuidado, meio enfileirados, tateando. O da frente encontrou a casa do salteador. Juntos empurraram a porta apenas encostada, entraram na casa, e perceberam que estava vazia, e se alegraram de ter encontrado uma casa sem dono.

Aos poucos, vasculhando nos móveis e nos cantos, descobriram comida, lenha para acender o fogo, uma garrafa de vinho. E um pote de barro. Tentaram meter a mão pela boca, para ver o que continha. Era estreita demais. Quiseram levantá-lo, era pesado demais. E balança e sacode e puxa e empurra, lá se foi o pote ao chão com estrondo, e com um tilintar, um tilintar tão alegre que só podia ser de moedas.

Contaram uma por uma, empilhando. E quando afinal acabaram de contar, a decisão dos três estava tomada. Agora que tinham uma casa, comida, dinheiro, uma vaca, uma cabra, um cabritinho e um cavalo, para que ir ao mercado? Não precisavam mais. Nem do mercado, nem de qualquer outra coisa. Com o que a sorte lhes havia dado, podiam viver juntos muito bem, por muito tempo.

Grande era a sorte dos três. Mas ia ficar ainda maior.

Tendo decidido a sua nova vida, lembraram-se dos ovos que haviam dado início a toda essa história, e resolveram comemorar fazendo uma bela fritada. Acenderam o fogo. O mais velho tirou o embrulho de dentro da camisa, sentiu os ovos ainda mornos. Ia quebrar o primeiro na frigideira, quando percebeu que a casca começava a rachar sozinha. Aqueles ovos, que a galinha havia sido obrigada a abandonar no choco, aquecidos pelo calor do peito, do sol e da caminhada, estavam prontos para se abrir. Abriu-se o primeiro libertando o pintinho ainda molhado. Abriu-se o segundo. O terceiro se abriu. Três pintos pipilaram sobre a mesa. Em resposta relinchou o cavalo, mugiu a vaca, baliram a cabra e o cabritinho. E riram, riram de contentes os três cegos.

SEM ASAS, PORÉM

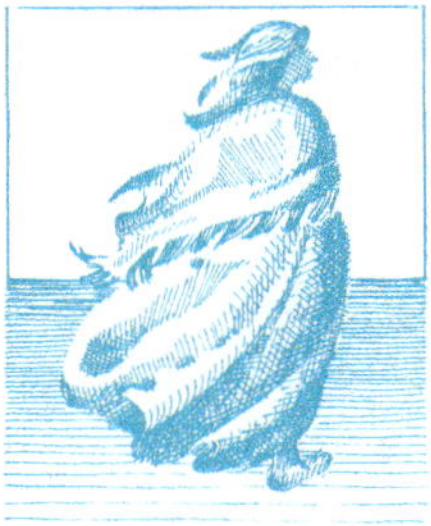

Dura aldeia era aquela, em que às mulheres não era permitido comer carne de aves — não fossem as asas subir-lhes ao pensamento. Dura aldeia era aquela em que, apesar da proibição, voltando da caça ao final da tarde e sem nada mais ter conseguido abater, o marido entregou à mulher uma ave, para que a depenasse e a cozesse e fosse alimento de ambos.

E assim a mulher fez, metendo os dedos por entre as penas ainda brilhantes, arrancando-as aos punhados, e entregando à água e ao fogo aquele corpo agora morto, que a fogo e água nunca havia pertencido, mas sim ao ar e à terra.

Tivesse olhado para o alto por um minuto, tivesse detido por um instante sua tarefa e levantado o olhar, e teria visto pela janela bandos daquelas mesmas aves migrando rumo ao Sul. Mas a mulher só olhava para as coisas quando precisava olhá-las. E não precisando olhar o céu, não ergueu a cabeça.

Cozida a carne da ave, regalou-se, engolindo os bocados sem quase mastigar, firmou os dentes nos ossos, sugou o tutano. O marido não. Repugnou-lhe a carne tão escura. Limitou-se a molhar o pão no caldo, maldizendo sua pouca sorte de caçador.

Passados dias, a mulher nem mais se lembrava do seu raro banquete. Outras carnes assavam e eram ensopadas na cozinha daquela casa, na cozinha que era quase toda a casa.

Mas uma inquietação nova começou a tomá-la. Interrompia seus afazeres de repente, como nunca havia feito. Paradas breves, quase nada. Um suspender do queixo, um vibrar de pestanas. Um alerta. Resposta do corpo a algum chamado que ela sequer ouvia. A agulha ficava parada no ar, a colher suspensa sobre a panela, as mãos metidas na tina. E a cabeça, cabeça que agora se movia com a delicadeza que só um pescoço mais longo poderia lhe dar, espetava o ar.

A mulher olhava então para aquilo de que não precisava. E olhava como se precisasse.

Só por instantes, a princípio. Em seguida, um pouco mais.

Demorando-se, olhou primeiro adiante. Adiante de si. E adiante daquilo que tinha diante de si. Por uns tempos pousando o olhar nos móveis, nos poucos móveis daquela casa e nos objetos em cima deles. Depois varando-os, varando as paredes, olhou para a distância em linha reta. O que via, não dizia. Olhava, sacudia num gesto suave a cabeça. E tornava a abaixá-la. A agulha descia, a colher mergulhava na panela, as mãos afundavam na tina.

Talvez levada por aquele breve sacudir de cabeça, começou a olhar para os lados. Olhava para o lado esquerdo, demorava-se, imóvel. E, súbita, voltava-se para o lado direito.

Ninguém lhe perguntava o que estava olhando. O único olhar que nela parecia importar para os outros ainda era o antigo, de quando só olhava o que era necessário.

E assim um dia aquela mulher para a qual ninguém olhava olhou o céu. Sem que tivesse chovido ou fosse chover. Sem que houvesse relâmpagos. Sem que sequer houvesse nuvens ou o tempo fosse mudar, ela olhou o céu.

Delicado fazia-se seu pescoço agora que o movimentava ligeiro conduzindo a cabeça nas suas perscrutações. Era um pescoço pálido, protegido da luz por tantos anos de cabeça baixa. E sobre esse pescoço a cabeça como que se estendia olhando para cima, com a mesma reta intensidade com que havia começado varando paredes.

Olhava pois para o alto, quando um bando das aves passou sobre a casa rumo ao Sul.

Há muito as folhas haviam-se banhado de cobre, o solo começava a fazer-se duro no frio. E as aves de carne escura seguiam no céu em direção ao sol.

De pé, a mulher olhava. E continuou olhando até que as aves empalideceram na distância.

O vento batia os longos panos da sua saia, estalava as asas franjadas do seu xale. Não, ela não voou. E como poderia? Saiu andando, apenas. Escura como a tarde, acompanhando seu próprio olhar, saiu andando para a frente, sempre para a frente, rumo ao Sul.

UM CANTAR DE MAR E VENTO

Desfraldava a vela com os mesmos gestos amplos com que outras abrem a toalha sobre a mesa ou o lençol na cama. Vela branca com uma branca lua bordada. E assim que escurecia fazia-se ao largo.

Não levava redes, não levava anzol no barco pequeno. Cestos somente, grandes. E em silêncio, escuro adentro, navegava até chegar onde o mar é fundo como a noite.

Ali, recolhida a vela, ondulando suavemente à deriva, a moça pescadora punha-se a cantar.

Cantava baixinho, mas logo, trazidos pelas malhas invisíveis da sua voz, os peixes começavam a saltar fora d'água pulando para o seu colo, luzidias estrelas que iam se perder entre as pregas da saia, iluminando por rápidos instantes o fundo úmido do barco.

Durante a noite toda a moça cantava. Seu primeiro silêncio despertava o sol. Era hora de voltar, vela enfunada.

Sempre, ao chegar ao pequeno porto da aldeia, sua pescaria revelava-se maior que a dos outros barcos. Desembarcava cestos cheios, transbordantes, mesmo quando os demais não precisavam sequer desembarcar seus cestos vazios. O mar nunca era avaro para ela. Avaros faziam-se, porém, os olhares dos outros pescadores.

Estando ao largo, numa noite como as outras em que, de tão farto o barco, ela colhia um ou outro peixe do fundo e o devolvia ao mar, um brilho diferente surpreendeu seu olhar. Entre tanta prata de escama, um súbito cintilar de ouro. Tateando entre os corpos luzidios, buscou o peixe que acabara de cair no seu regaço e, não sem espanto, viu que trazia um anel na boca.

Um anel cinzelado em que ramos de flores retinham uma pedra verde. Um precioso anel que a ninguém podia devolver. E um pouco largo para a sua mão delicada onde só coube no dedo médio.

Aquela manhã, ao chegar no porto, a moça trazia mais do que apenas cestos cheios. Em toda a aldeia, o único brilho de ouro era seu. E um outro brilho, escuro, acendeu-se nos olhos dos pescadores.

Mas sem percebê-lo, ela continuou desfraldando sua vela ao anoitecer e recolhendo-a de manhã, vivendo mais alegre no mar do que na terra, tendo as estrelas como guia e sua voz como companheira.

Até que depois de algum tempo, em outra noite igual a todas as que haviam passado, novamente um toque de ouro coruscou colhendo sua atenção, e quando ela pegou o peixe que por último havia saltado no seu regaço, viu, menos surpresa dessa vez, que trazia uma chave na boca.

Uma chave toda trabalhada. Uma rica chave de ouro sem dono ou fechadura. Que a moça, desatando a fita que lhe prendia o cabelo, pendurou no pescoço.

Mais ainda que o anel, a chave pendente como um colar feriu o olhar dos outros pescadores. A inveja os unia. Murmurantes e oblíquos, maldizendo o mar que só à moça entregava seus tesouros, decidiram entregá-la ao mar, que a guardasse sem nunca mais devolver. Serraram o mastro do seu barco o quanto bastava para levá-la ao largo e partir-se com os ventos do amanhecer. E pela primeira vez sorriram vendo no escuro porto a vela branca que se abria.

Como se obedecesse ordens, o barco navegou até o largo e, quando a pescadora içou a vela para colher os ventos da manhã, partiu-se num estalo. Sem mastro, não havia meio de voltar.

Ela poderia ter chorado, e não chorou. Sentou-se, pensando que a vela que sempre lhe havia garantido a vida agora lhe serviria de mortalha. Mas de repente sentiu tantas leves, levíssimas, batidas contra o casco, e percebeu atônita que navegava em direção à terra. Olhando na água, debruçada sobre a borda, compreendeu. Peixes pequenos e grandes, muitos peixes, a empurravam.

Nenhuma alegria a recebeu na aldeia. O desapontamento reforçou o desejo dos pescadores. E antes mesmo que o mastro tivesse sido trocado, aproveitaram-se de um momento em que ninguém estava junto ao barco, furaram seu casco em vários pontos, e cuidadosamente taparam os furos com miolo de pão amassado com serragem. Dessa vez, sequer sorriram quando a vela fez-se ao largo.

E ao largo ainda não havia chegado, quando o miolo de pão, amolecido, desfez-se, deixando entrar a água aos borbotões.

A moça bem poderia ter gritado, tamanho o susto. Não gritou. Tentava em vão tapar um ou outro furo com a saia ou o xale, quando percebeu que a água já não entrava aos borbotões, já não entrava de todo. Tateando, compreendeu. Peixes haviam-se metido nos furos, tapando-os com o próprio corpo.

Dessa vez, não havia ninguém no porto quando a moça chegou, porque era noite. Mas na manhã seguinte, mais enraivecidos ainda ficaram os pescadores vendo que, contra todos eles, o mar teimava em favorecê-la. Quando dias depois, consertado o casco, ela se fez ao mar, o leme havia sido trabalhado para desprender-se e afundar.

Percebeu-o a pescadora vendo-o desaparecer no azul, quando estava em altíssimo mar e já não adiantava perceber. Sem leme, seria levada pelas correntes, atirada contra os arrecifes ou devorada pelo sol.

Vontade de chorar não lhe faltou. Mas antes que tivesse tido tempo de fazê-lo, um golfinho aflorou e mergulhou ao lado do barco, depois à frente, do outro lado e novamente à frente. Rápida, enquanto o golfinho continuava aflorando e mergulhando ao seu redor, ela atou um cabo à proa, atirou-o na água. E logo o golfinho colheu o cabo na boca e começou a rebocar.

Navegaram a noite inteira, ela em silêncio para não aumentar o peso do barco, o golfinho à frente cintilante entre mar e luz de lua. A manhã ainda não havia chegado, quando ela viu ao longe, escura sobre o escuro, recortar-se a silhueta de uma ilha. Não era para o porto da aldeia que avançavam.

Era para uma praia pequena. Em que o barco, enfim abandonado pelo golfinho e seguindo seu impulso, suavemente encalhou.

Areia lisa e clara, sem marcas. Uma escadaria de pedra que se escondia ao alto, entre flores. Jardins ao redor, floresta. E, mais que o empalidecer do céu, o canto dos pássaros anunciando o reinado do dia.

A moça prendeu na cintura a barra da saia, e saltou. Pés n'água, empurrou o barco areia acima, atou o cabo firmemente num rochedo. Só depois de garantir seu único bem, caminhou até a escadaria, começou a subir.

Quantos degraus! Distraía-se olhando o jardim, parava para debruçar-se sobre o perfume das flores. E ei-la chegar ao alto, à beira de um gramado que se estendia até o pequeno palácio — ou grande vila — diante de cuja porta fechada parou.

Chamou, primeiro baixinho. Depois mais alto. Alguns pássaros esvoejaram. A voz dela perdeu-se entre as árvores. Ninguém atendeu. Bateu com a pesada aldrava de bronze. Ouviu as pancadas ecoando lá dentro. O eco abafado foi a única resposta.

Já ia afastar-se, quando alguma coisa na grande fechadura dourada chamou sua atenção. Olhou com cuidado, tentando lembrar-se de onde havia visto desenho semelhante. E num súbito lampejo reconheceu o mesmo delicado trabalho da chave que trazia ao pescoço.

Solta a fita, a chave de ouro rodou suave na fechadura. Sem um estalo sequer, a porta abriu-se. E metendo antes a cabeça para ver se algum perigo a espreitava lá dentro, a pescadora descalça avançou lentamente sobre o mármore.

Enorme vestíbulo, colunas, arcos e, por trás de reposteiros de veludo, as altas janelas por onde entrava a luz ainda verde da manhã. Onde estariam as gentes dessa casa? Poeira fina sobre os móveis e os pisos, sem pegadas, sem marcas de mãos. Tudo arrumado, porém. E estanque no silêncio.

Atravessou o vestíbulo, entrou num salão, sobressaltou-se com seu reflexo nos espelhos. As velas nos castiçais estavam gastas e ninguém as havia substituído. Entrou em outra sala, escura, com os reposteiros abaixados, quase tropeçou numa cadeira, distinguiu um piano. Havia luz além da porta. Caminhou cuidadosa até lá. E então, da soleira, antes mesmo de olhar o resto da sala, ela o viu.

Era o retrato grande de um homem esbelto e jovem, um homem moreno. Ali estava, de pé contra a parede, vívido como se ela o visse chegar por algum corredor. E sua presença pareceu-lhe subitamente ocupar não apenas aquela sala, mas as outras salas por onde havia passado e todas as salas e cômodos que intuía naquela casa, todo mínimo recanto, expandindo-se nos jardins e descendo pela escadaria. E aproximando-se percebeu aquilo que seu coração estava de alguma forma tentando lhe dizer, que na mão esquerda do homem brilhava entre ramos de ouro a pedra verde de um anel, o mesmo anel que ela sentia, pesado e um pouco largo, rodeando seu dedo médio.

Naquele dia, sequer pensou em partir. Deixou-se ficar longamente na sala, diante do retrato. Depois vagueou pela casa, atravessou a sombra da magnólia no pátio interno, procurou seu próprio rosto na superfície escura do laguinho, e subiu degraus, desceu degraus, foi às cozinhas, assombrou-se com as enormes pias enxutas, as centenas de pratos empilhados nos armários. Comida não havia, nem cheiro dela. Há muito nenhuma lenha ardia naquele fogão. Mas a figueira fora da porta estava carregada, os figos rachados escorriam mel, e ela fartou-se, bebendo depois água nas mãos em concha. Não ousou servir-se de uma das taças.

Estava cansada, afinal. O dia logo acabaria. E tendo entrado em um dos quartos, deitou-se na cama, e adormeceu.

Sonhou com o moço do quadro. Fora da moldura, sentado diante dela, mas com aquela mesma camisa branca que usava na tela, aquele mesmo olhar sedoso, e uma voz, uma voz que era como um murmúrio de mar, e lhe dizia coisas que ela não conseguia compreender mas via desenhar-se nos lábios rosados.

Acordou no dia seguinte. Não havia ninguém sentado diante dela. Foi até a sala cheia de livros. O moço continuava de pé, contido pela moldura dourada. Mas seu olhar pareceu-lhe aceso como o havia visto em seu sonho, e olhando os lábios lembrou-se de como se moviam e desejou, desejou muito, saber o que haviam dito.

Novamente gastou quase todo o dia caminhando pela casa, embora tendo se demorado tanto na sala do retrato. E quando a hora da fome chegou, escolheu um prato de porcelana, um delicado cálice de cristal, e sentada sozinha na grande mesa de mármore negro comeu as uvas ainda mornas de sol que havia colhido na parreira, bebeu a água fresca que havia ido buscar na nascente.

À noite, deitada na cama, debaixo do dossel, sonhou que o moço entrava no quarto com o mesmo passo anunciado no retrato, e que sentado a seu lado lhe dizia coisas que ela ainda não entendia, mas que acariciavam, com quanta suavidade, seu coração.

Não havia ninguém ao seu lado quando acordou. Mas na sala, olhando o jovem da tela, percebeu que agora sabia como ele caminhava. E seu passo a acompanhou quando passeou nos jardins, quando parou diante dos espelhos do salão esperando vê-lo junto de si.

Naquele dia pensou que deveria consertar o barco e partir. Mas pareceu-lhe que poderia ocupar-se disso no dia seguinte, depois que tivesse sonhado mais uma noite com o moço, depois que tivesse entendido o que ele tinha para lhe dizer. E comeu romãs, coroando seu prato de rubis, e em vez de água bebeu vinho da adega, tingindo sua taça de sangue.

Assim, dia após dia, a pescadora adiava sua partida, alimentando-se das frutas que encontrava no jardim, dos ovos que colhia nos ninhos. E a cada dia

mais intensamente desejava a chegada da noite, quando então receberia em seu sonho e seu quarto o jovem do quadro, e deixaria que as palavras indecifradas penetrassem seu peito, incendiando-lhe o coração.

O barco não havia sido consertado, e o verão chegava ao fim. As frutas escasseavam.

Breve, não houve mais nenhuma no jardim que começava a amarelar. Foi preciso recorrer aos cogumelos e procurar os raros ovos nos penhascos junto ao mar. Do alto, ela olhava para o barco ainda atado ao rochedo.

Agora, pelas janelas atrás dos reposteiros, o vento queixava-se. A casa fazia-se fria. Mas à noite ela sonhava com o jovem senhor daquelas salas, envolto em um casaco de peles, que lhe abria os braços e a acolhia. E ela se sentia aquecida como nunca havia estado.

Sabia, ainda assim, que era preciso consertar o barco. No feroz mar do inverno jamais conseguiria alcançar o porto da sua aldeia. E quando o dia chegou em que não houve nada para colocar no prato de porcelana, nem razão nenhuma para sentar-se à mesa de mármore, o barco na praia já tinha um leme.

A moça pescadora percorreu as salas pela última vez. Todas, menos a do retrato. Fechou a grande porta de entrada, colocou a chave ao pescoço. E desceu a escadaria.

Sem se dar o trabalho de recolher a barra da saia, empurrou o barco para dentro da água, saltou a bordo. De pé, no casco que ondeava nervoso sobre o mar encapelado, desfraldou a vela branca com sua branca lua bordada. Lentamente afastou-se da ilha.

E logo fez-se noite. Noite debaixo das nuvens negras, noite sobre o negro mar. Raros relâmpagos. E o gelado alfanje do vento cortando o ar e a carne, ferindo o casco que o leme a custo continha, borrifando de água, encharcando de sal. Tão frio estava, que para aquecer-se a pescadora começou a cantar. Fio de voz na tempestade, que a ninguém chegaria. Mas como se ouvisse o eco da sua própria voz, uma canção pareceu chegar-lhe no vento. Olhou em volta, debruçou-se sobre o mar. E na água escura como os seus sonhos o viu, homem do quadro e da noite, que lhe abria os braços e o casaco de espuma. Mergulhou a mão estendendo-a para ele. Sentiu que o anel escorria do dedo para o fundo. Então ela própria deixou-se deslizar para aqueles braços, enquanto o vento encobria as palavras que ele lhe dizia, as palavras todas que pela primeira vez ela conseguia entender.

DO TAMANHO DE UM IRMÃO

Tinha um irmão pequeno, e mais não tinha. Há muito tempo, desde a morte dos pais, haviam ficado só os dois naquela praia deserta, rodeada de montanhas. Pescavam, caçavam, colhiam frutos e sentiam-se felizes.

Na verdade, tão pequeno era o outro, cabendo na palma da sua mão, que o mais velho achava natural tomar para si todas as tarefas. Embora sem nunca descuidar-se do irmão, delicado e único em seu minúsculo tamanho.

Nada fazia, que não o levasse junto. Se era pescaria, lá se iam mar adentro, o maior metido na água até as coxas, o menor bem firme a cavalo da sua orelha, ambos debruçados sobre a transparência, espiando o momento em que o peixe se aproximaria e, zapt!, estaria preso na armadilha das mãos.

Se era caça, partiam para o mato, o pequeno bem acomodado no alforje de couro, o grande andando em passos compridos por entre arbustos, à procura de qualquer animal selvagem que garantisse uma refeição, ou de frutas sumarentas que refrescassem a boca.

Nada faltava aos dois irmãos. Mas à noite, sentados diante do fogo, relembravam o passado, quando os pais ainda eram vivos. E a casa ao redor parecia encher-se de vazio. Então, quase sem perceber, começavam a falar de um mundo para lá das montanhas, perguntando-se como seria, se teria gente, e pondo-se a inventar o que essa gente faria.

De invenção em invenção, as conversas se ampliavam, histórias surgiam ligando-se umas às outras, prolongando-se até a madrugada. E, mesmo de dia, os dois irmãos só pensavam em como ia ser bom, ao escurecer, sentar diante do fogo e falar do mundo que não conheciam. A noite foi ficando melhor que o dia, a imaginação mais sedutora que a realidade.

Até que uma vez, o sol quase raiando, disse o pequeno:

— Por que não vamos lá?

E o mais velho surpreendeu-se de nunca ter pensado em coisa tão evidente.

Não demoraram muito nos preparativos. Arrumaram alguma comida, pegaram peles para enfrentar o frio das montanhas, encostaram a porta. E se puseram a caminho.

Montado na cabeça do irmão, segurando com firmeza as rédeas do seu cabelo, ia o pequeno sentindo-se valente como se ele também fosse alto e poderoso. Montada do irmão, pisando com firmeza terras que aos poucos se faziam desconhecidas, ia o maior, sentindo-se estremecer por dentro, como se ele também fosse pequeno e delicado. Mas cantavam os dois, estavam juntos, e aquela era sua mais linda aventura.

Depois de alguns dias de marcha, o chão deixou de ser plano, começou a encosta da montanha. Subiram por caminhos que animais selvagens haviam aberto antes deles, inventaram atalhos. Do alto, o pequeno indicava os rumos mais fáceis. E o grande agarrava-se nas pedras, contornava valões, beirava precipícios. O vento cada dia mais frio unhava-lhes o rosto. Nuvens abafavam seu canto. Os dois acampavam à noite entre rochas, enrolados nas peles. Mas de dia continuavam subindo.

Tanto subiram, que um dia, de repente, não houve mais o que subir. Tinham chegado na crista da montanha. E de cima, extasiados, olharam afinal o outro lado do mundo.

Era bonito, o outro lado. Tão pequeno, na distância. Todo arrumado. As encostas desciam suaves até os vales, e os vales plantados em hortas e campos eram pintalgados de aldeias, casinhas e umas pessoinhas que, ao longe, se moviam.

Alegres, os dois irmãos começaram a descer. Desceram e desceram, por caminhos agora mais fáceis, traçados por outros pés humanos. Mas, estranhamente, por mais que avançassem, as casas e as pessoas não pareciam crescer tanto quanto haviam esperado. Eles estavam cada vez mais perto, e os outros continuavam pequenos. Tão pequenos, talvez, quanto o irmão que, encarapitado no alto, olhava surpreso.

Estavam quase chegando à primeira aldeia, quando ouviram um grito, depois outro, e viram todas aquelas pessoinhas correrem para dentro de suas casas, fechando portas e janelas.

Sem entender ao certo o que estava acontecendo, o irmão mais velho baixou o pequeno até o chão. E este, encontrando-se pela primeira vez num mundo do seu tamanho, encheu o peito, levantou bem a cabeça e pisando com determinação caminhou até a casa mais próxima. Bateu à porta, esperou.

Através da fresta que pouco a pouco se abriu, dois olhos exatamente à altura dos seus espiaram. Silêncio atrás da porta. Mas logo também os batentes da janela se afastaram de leve, deixando espaço para a curiosidade brilhante de mais dois olhos. E em cada casa outras frestas se abriram, portas e janelas estremecendo como asas, luzir de olhares. A princípio receosas, protegidas entre os ombros, depois mais afoitas, esticando-se, surgiram cabeças de homens, de mulheres e crianças.

Cabeças pequenas, todas elas minúsculas como a do seu irmão, pensou o maior, enquanto o entendimento lutava para chegar até ele. Não havia ninguém ali que fosse grande, do seu próprio tamanho. E, certamente, assim era também nas aldeias vizinhas, nas casas todas que ele havia acreditado serem pequenas por causa da distância.

O mundo, descobriu num súbito susto, ao compreender enfim a realidade, era da medida do seu irmão.

Então viu que este, tendo falado com as pessoas da casa, voltava até ele estendendo-lhe a mão. O irmão, que sempre lhe parecera tão frágil, o chamava agora com doce firmeza. E ele inclinou-se até tocar a mãozinha, deixando-se conduzir à gente da aldeia, frágil gigante que nesse mundo se tornava único.

NA PLANÍCIE, OS CASTELOS

Era um reino pequeno como um vale. E como um vale, rodeado de montanhas. Altas. Altíssimas.

Nesse reino, distantes uns dos outros, mas não tanto que não se pudessem ver, erguiam-se castelos. Altos. Altíssimos. Quase torres. Cada castelo no topo de um morro, cada morro tão corroído por tempo e vento que não tinha mais encostas, só escarpas. E tão improvável subir ou descer pelas trilhas estreitas e interrompidas, à beira de precipícios, que os moradores daqueles castelos ali nasciam e ali morriam, sem aventurar-se fora dos seus muros.

Mercadores passavam às vezes na planície, com suas caravanas de búfalos carregados de fardos e baús. Paravam, acampavam ao pé de um ou outro castelo. Grandes cestos presos por longuíssimas cordas eram então baixados lá de cima, trazendo as delicadas rendas, os preciosos bordados feitos pelas damas. E logo içados levando em troca brocados, perfumes e tantas meadas de linha.

De fora, não se via ninguém nos castelos, tão estreitas e distantes as poucas janelas. Porém à noite, prestando atenção, podia-se ouvir leve música percorrendo a planície, sem que fosse possível dizer se canto ou sopro, se vinda de algum castelo ou de todos.

E assim a vida passava em grande tranquilidade para aqueles castelães, nunca vistos no descampado em torneios, cavalgadas ou desfiles nupciais.

Isolados, como parecia, a verdade entretanto é que nada acontecia num castelo que em outro não se soubesse. Uma longa rede de conversas estendia-se por cima do vale ligando torreões, muros e cúpulas, entrando pelas seteiras, metendo-se pelas janelas. Conversas bem visíveis, que cada castelo tecia a seu modo e a seu modo interpretava.

Do castelo mais alegre, aquele em que alguns galhos por cima dos muros anunciavam a primavera com suas flores e o verão com seus frutos, partiam mensagens coloridas. Eram bandeiras e bandeirolas que a qualquer hora do dia, de repente, se agitavam, se alternavam, aparecendo e desaparecendo no alto da mais alta torre. O esvoaçar das cores era a voz daquele castelo.

Que o castelo mais a Leste recolhia. Não que alguém ali soubesse, de fato, falar a língua das bandeiras. Havia apenas uma velha que dizia entendê-la e que servia de intérprete. Mas, sendo ela própria incapaz de alinhavar qualquer mínimo recado embandeirado, a resposta e as mensagens enviadas a outros castelos partiam dali na linguagem dos espelhos. Chapas de prata polida sequestravam qualquer raio de sol que estivesse ao alcance, e o lançavam adiante com tal intensidade, que seu piscar era visto a grande distância.

Responder com espelhos nenhum outro sabia. Porém todos entendiam — ou acreditavam entender — aquele faiscar luminoso como um astro, que enchia o céu de novidades.

Havia quem respondesse com fumaça. Quem preferisse trombetas. Um que erguia pipas coloridas. Outro que libertava no ar pombas brancas. E o mais exuberante, que soltava fogos de artifício. Nenhum usava a mesma linguagem do outro. Mas todos pareciam se entender a contento, ainda que de formas diferentes. No imenso telão de escritas que era o céu, cada um colhia o que mais lhe convinha, o que mais lhe dava prazer, cada um lia o que queria ler. Os significados cruzavam-se no alto variados e mutantes como pássaros. Sem que por isso a verdade resultasse menos verdadeira.

Um dia, porém, um viajante vindo na esteira de alguma caravana parou no contraforte mais baixo de uma das altíssimas montanhas. E olhou para o vale.

Viu um reflexo ofuscante piscar no alto de um castelo. Viu lufadas de fumaça responder-lhe ao longe. Ouviu um som de trombetas partindo de um torreão. O rufar das asas de tantas pombas lhe fez eco acima de uma muralha. E em breve o céu manchou-se de pipas coloridas.

Que estranha visão para o viajante! Conhecia muitos reinos, conhecia muitas línguas. Algumas das que percebia agora lhe eram familiares, embora não as soubesse interpretar. Outras, nem percebeu

que eram línguas. Porém nunca, em suas longas andanças, havia estado em um reino pequeno como aquele, em que cada um falasse de um modo diferente. Pareceu-lhe uma grande confusão.

Desceu até o vale e, como costumavam fazer as caravanas, acampou ao pé do primeiro castelo. Mas quando o cesto baixou, em vez de enchê-lo de mercadorias, subiu dentro dele fazendo-se içar até o alto.

Durante semanas permaneceu além dos altos muros. Até que uma manhã o cesto baixou, depositando-o na planície. Mal havia pisado no chão, já caminhava em direção ao segundo castelo. Ao pé do qual acampou esperando o cesto baixar para, como havia feito da outra vez, subir dentro dele até o alto.

Assim, um depois do outro, o viajante visitou todos os castelos. Demorou-se bastante em cada um. Em cada um reuniu-se com os sábios, os jovens, os anciãos e ensinou a eles uma nova linguagem. A mesma, em todos os castelos.

Quando saiu do último cesto estava mais orgulhoso que cansado. Sim — pensou —, o entendimento estava garantido. E pôs-se em marcha rumo às altíssimas montanhas, onde o esperava a viagem interrompida.

Marchava o viajante, enquanto os castelos tentavam retomar a antiga conversa com a nova linguagem.

Finda a necessidade de intérpretes, a velha que sabia ler bandeiras logo perdeu seu posto. Agora, bastava obedecer com exatidão às regras e eliminar as variantes, para ser entendido de ponta a ponta do vale. Quanto à mensagem alheia, era só limitar-se a compreender o que o outro dizia. Nada mais. Sem acrescentar, sem tirar, sem arredondar nada. Ainda que o que se compreendesse não fosse o que se queria compreender. Ainda que a mensagem não respondesse a qualquer necessidade. Acima da harmonia colocava-se a clareza. A invenção, que nas antigas linguagens era tudo, estava banida.

Pareceu a todos muito simples, essa nova linguagem. Muito prática. E até prazerosa. Por algum tempo.

Pois bastou uma mensagem agradar aos habitantes do segundo castelo e aborrecer os do terceiro, para que começassem os atritos. Os do quarto castelo foram convocados a mediar. Tomaram partido, favorecendo um dos litigantes e ofendendo o outro. Os do quinto ofereceram-se em defesa. Dividiam-se as opiniões nos outros castelos. O ar fez-se tenso. As mensagens, que sempre haviam cruzado o céu harmoniosamente, pareciam chocar-se. Claras e ríspidas partiam dos torreões como projéteis, ferindo na chegada, e provocando novos disparos linguísticos. O telão celeste estava transformado em campo de batalha.

Marchava ainda o viajante, de costas para o vale. Havia chegado ao primeiro contraforte e seguia em frente. Se tivesse parado para olhar, teria visto com surpresa que, de repente, nada mais acontecia lá embaixo. Nenhum som, nenhum sinal ligava os torreões. Os castelos estavam mudos.

Como saber o que se passava por trás dos muros espessos? Talvez as damas estivessem paradas por instantes com suas agulhas suspensas no ar. Talvez os cavaleiros tivessem retido as mãos que já se estendiam para as espadas. Talvez os sábios e os anciãos tivessem reunido os jovens belicosos para falar-lhes de entendimento e paz.

Mas o viajante não parou. Nem teria tido paciência de esperar durante um dia inteiro, durante a longa noite que se seguiu, até o alvorecer para, só então, ver subir lá longe, costurando a manhã, um delicado fio de fumaça.

O viajante olhava para o cimo da altíssima montanha. Assim, não soube que em breve bandeiras se agitaram sobre o torreão. Não demorou para que um luzir de espelhos se acendesse em resposta. Pipas empinaram-se no céu cortando com suas linhas o voo das pombas. E ao fundo, bem ao fundo, luzes e cores explodiram, giraram, jorraram, choveram, numa festa de fogos de artifício.

MAS ELE SABIA SONHAR

Era um ogre parecido com todos os ogres. Mas, diferente de todos os ogres, só se alimentava de sonhos. Nada mais lhe apetecia. Chegava a comer cinco, seis sonhos em cada refeição. E mais teria comido se os tivesse.

Sonhos não se plantam em hortas, não crescem no mato, não pendem das árvores. Sonhos se têm aos milhares, de noite e de dia, em todo o mundo. Mas para comê-los é preciso caçá-los.

E entre tantos possíveis lugares de caça, o preferido do ogre era uma pequena aldeia de pescadores à beira de um rio. Quer porque fossem dorminhocos, quer porque o murmurar da água enchesse seus sonhos de belas imagens, o fato é que não passava noite sem que o ogre ali fosse se banquetear.

Nos primeiros tempos suas visitas haviam passado despercebidas. Um sonho que desaparecesse em meio ao sono era esquecido antes da manhã. E se por acaso o sonhador despertasse com uma espécie de saudade, a sensação de uma falta, buscava razões em coisas mais palpáveis. Porém, à medida que os desaparecimentos se faziam mais e mais frequentes, uma desconfiança percorreu a aldeia, sonhadores compararam suas noites defraudadas, parentes foram postos de vigília junto às cabeceiras, e a verdade tornou-se evidente.

A partir da certeza, fundas olheiras começaram a se desenhar debaixo dos olhos dos aldeões. Quem sempre havia sonhado, já não queria fazê-lo. Jovens e velhos recusavam-se a entregar pertence tão delicado à fome alheia. E para não sonhar, o único meio seguro era não dormir ou dormir tão brevemente que sonho algum tivesse tempo de se concretizar.

Exaustos, os aldeões cochilavam em meio a suas tarefas. Vários cabecearam durante a pesca e caíram no rio. Outros despencaram das árvores, adormecidos enquanto colhiam frutas. E um dormiu tão fundo, de pé, no meio da trilha da floresta que, quando o tigre o devorou, sonhava talvez ser seu próprio sonho sendo devorado pelo ogre.

Assim estavam as coisas, quando um jovem decidiu que assim não podiam ficar. E preparou-se para matar o ogre.

Era franzino. Mas tinha a arma principal: era um grande sonhador. Para usá-la, estendeu um cobertor sobre a cama de tiras de couro, afofou o travesseiro. Depois, sem esperar a noite, deitou-se. Adormeceu imediatamente. E imediatamente começou a sonhar.

Sonhou que ia até o bambuzal na beira do rio, que com cuidado arrancava uma muda da terra molhada, e com cuidado ainda maior plantava a muda em solo rico e fértil.

A plantinha já começava a brotar, quando o ogre veio e engoliu planta e sonho.

Outro talvez tivesse desanimado. Não o jovem. Na noite seguinte novamente estendeu o lençol, novamente deitou-se e adormeceu. Dessa vez não tinha travesseiro. Sonhou que ia até o bambuzal na beira do rio, que com cuidado arrancava uma muda da terra molhada, e com cuidado ainda maior a plantava em solo rico e fértil. Mas antes que as raízes se ajeitassem na terra do sonho e que o ogre as cobiçasse, fez um esforço e acordou.

Surpreendiam-se na aldeia com seu destemor. E ele, sereno, acudindo à vida como sempre havia feito.

Na noite seguinte, estendido o corpo sobre a cama, sonhou que enchia um cântaro de água no rio, e que ia regar com ele uma muda de bambu plantada em solo propício. Não esperou mais. O ogre nem havia farejado seu sonho, e ele já despertava.

Passou dois dias sem dormir, dessa vez. Mas quando voltou ao sonho a muda de bambu já estava crescidinha e novas brotações lançavam-se pelos lados. Em breve seria uma touceira. Antes disso, bem antes, abriu os olhos e afastou-se do sonho.

Nem sempre o jovem deitava-se para dormir. E algumas vezes deitava-se mais de uma vez no mesmo dia. Sempre acordando rápido, respeitava porém o tempo dos sonhos, que não é o mesmo contado nos relógios.

E no tempo do seu sonho, feito de tantos pequenos tempos, a touceira de bambu cresceu e cresceu.

E na noite em que a ouviu farfalhar farta como a água do rio, sonhou que escolhia o mais reto e forte dos bambus e o cortava.

Acordou sem trazer a faca e deixando o bambu cortado no chão do seu sonho. Esperou que o dia passasse. À tardinha banhou-se demoradamente, penteou os cabelos com óleos perfumados, estendeu um lençol branco sobre a cama, e deitou-se para sonhar.

Sonhou que recolhia do chão o bambu forte e reto, e que com a faca afiava em ponta sua extremidade. Depois sonhou que avançava para o espaço aberto, que cravava no chão a extremidade cega da sua lança segurando-a com as duas mãos, e que esperava.

De longe, o som dos passos do ogre chegou até o jovem. Ecoaram os passos, estremecendo o chão. O hálito do ogre aqueceu o ar. Mas o jovem não largou a lança. Nem abandonou o sonho. E a enorme boca do ogre se abriu sobre o sonho do jovem. E engoliu o sonho, e engoliu o jovem, e engoliu a lança. Que com sua ponta de bambu rasgou a garganta do ogre. E o matou.

Sobre sua cama branca o jovem abriu os olhos, sorriu. Depois estendeu a mão pegando o travesseiro e, em meio à alegria da aldeia, voltou a dormir, para sonhar o que bem entendesse.

LONGE COMO O MEU QUERER

Regressava ao castelo com suas damas, quando do alto do cavalo o viu, jovem de longos cabelos à beira de um campo. E embora fossem tantos os jovens que cruzavam seu caminho, a partir daquele instante foi como se não houvesse mais nenhum. Nenhum além daquele.

À noite, no banquete, não riu dos saltimbancos, não aplaudiu os músicos, mal tocou na comida. As mãos pálidas repousavam. O olhar vagava distante.

— Que tens, filha, que te vejo tão pensativa? — perguntou-lhe o pai.

— Oh! pai, se soubesses! — exclamou ela, feliz de partilhar aquilo que já não lhe cabia no peito. E contou do rapaz, do seu lindo rosto, dos seus longos cabelos.

O que o pai pensou, não disse. Mas no dia seguinte, senhor que era daquele castelo e das gentes, ordenou que se decapitasse o jovem e se atirasse seu corpo ao rio. A cabeça entregou à filha em bandeja de prata, ele que sempre havia satisfeito todas as suas vontades.

— Aqui tens o que tanto desejavas.

E sem esperar resposta, sem sequer procurá-la em seus olhos, retirou-se.

Saído o pai, a castelã lavou aquele rosto, perfumou e penteou os longos cabelos, acarinhou a cabeça no seu colo. À noite pousou-a no travesseiro ao lado do seu, e deitou-se para dormir.

Porém, no escuro, fundos suspiros barraram a chegada do seu sono.

— Por que suspiras, doce moço? — perguntou voltando-se para o outro travesseiro.

— Porque deixei a terra arada no meu campo. E as sementes preparadas no celeiro. Mas não tive tempo de semear. E no meu campo nada crescerá.

— Não te entristeças — respondeu a castelã. — Amanhã semearei teu campo.

No dia seguinte chamou sua dama mais fiel, pretextou um passeio, e saíram ambas a cavalo.

Apearam no campo onde ela o havia visto a primeira vez. A terra estava arada. No celeiro encontraram as sementes. A castelã calçou tamancos sobre seus sapatinhos de cetim, não fosse a lama denunciá-la ao pai. E durante todo o dia lançou sementes nos sulcos.

À noite deitou-se exausta. Já ia adormecer, quando fundos suspiros a retiveram à beira do sono.

— Por que suspiras, doce moço, se já semeei teu campo?

— Porque deixei minhas ovelhas no monte, e sem ninguém para trazê-las ao redil serão devoradas pelos lobos.

— Não te entristeças. Amanhã buscarei tuas ovelhas.

No dia seguinte, chamou aquela dama que mais do que as outras lhe era fiel e, pretextando um passeio, saíram juntas além dos muros do castelo.

Subiram a cavalo até o alto do monte. As ovelhas pastavam. A castelã cobriu sua saia com o manto, não fossem folhas e espinhos denunciá-la ao pai. Depois, com a ajuda da dama reuniu as ovelhas e, levando o cavalo pelas rédeas, desceu com o rebanho até o redil.

Que tão cansada estava à noite, quando o suspiro fundo pareceu chamá-la!

— Por que suspiras, doce moço, se já semeei teu campo e recolhi tuas ovelhas?

— Porque não tive tempo de guardar a última palha do verão, e apodrecerá quando as chuvas chegarem.

— Não te entristeças. Amanhã guardarei a tua palha.

Quando no dia seguinte mandou chamar a mais fiel, não foi preciso explicar-lhe aonde iriam. Pretextando desejo de ar livre, afastaram-se ambas do castelo.

Os feixes de palha, amontoados, secavam ao sol. A castelã calçou os tamancos, protegeu a saia, enrolou tiras de pano nas mãos, não fossem feridas denunciá-la a seu pai. E começou a carregar os feixes para o celeiro. Antes do anoitecer tudo estava guardado, e as duas regressaram ao castelo.

Nem assim manteve-se o silêncio no escuro quarto da castelã.

— Por que suspiras, doce moço? — perguntou ela mais uma vez. — Por que suspiras, se já semeei teu campo, recolhi tuas ovelhas, e guardei tua palha?

— Porque uma tarefa mais é necessária. E acima de todas me entristece. Amanhã deverás entregar-me ao rio. Só ele sabe onde meu corpo espera. Só ele pode nos juntar novamente antes de entregar-nos ao mar.

— Mas o mar é tão longe! — exclamou a castelã num lamento.

E naquela noite foram dois a suspirar.

Ao amanhecer a castelã perfumou e penteou os longos cabelos do moço, acarinhou a cabeça, depois a envolveu em linhos brancos e chamou a dama.

Os cavalos esperavam no pátio, o soldado guardava o portão. — Vamos entregar alguma comida para os pobres — disseram-lhe. E saíram levando seu fardo.

Seguindo junto à margem, afastaram-se da cidade até encontrar um remanso. Ali apearam. Abertos os linhos, entregaram ao rio seu conteúdo. Os longos cabelos ainda flutuaram por um momento, agitando-se como medusas. Depois desapareceram na água escura.

De pé, a castelã tomou as mãos da sua dama. Que lhe fosse fiel, pediu, e talvez um dia voltassem a se ver. Agora, cada uma tomaria um rumo. Para a dama, o castelo. Para ela, o mar.

— Mas é tão longe o mar! — exclamou a dama.

Montaram as duas. A castelã olhou a grande planície, as montanhas ao fundo. Em algum lugar além daquelas montanhas estava o mar. E em alguma praia daquele mar o moço esperava por ela.

— A distância até o mar — disse tão baixo que talvez a dama nem ouvisse — se mede pelo meu querer.

E esporeou o cavalo.

NEM DE JASMIM, NEM DE ROSA

Que apetecível cozinha, aquela! O forno, grande como uma caverna, luzia em fogo dia e noite, e pães entravam e pães saíam, carregados pela longa espátula dos cozinheiros. Presuntos e salsichas pendiam do teto como bandeirolas. Nos ganchos por cima das bancadas, lebres, patos e cachos de codornas esperavam sua vez de habitar as panelas. Tortas enfeitadas como catedrais luziam neve de açúcar. E pastelões de dois, de três e mais andares, rodeados de frutas e flores, abrigavam todas as delícias.

Dessa cozinha, no entanto, nada saía capaz de agradar o inapetente paladar do Rei. Em vão atarefavam-se o cozinheiro-mor, o segundo cozinheiro-mor, o primeiro cozinheiro simples, o segundo cozinheiro simplíssimo e todos os jovens ajudantes de cozinha. Em vão o mor redarguia o vice-mor que gritava com o simples que blasfemava contra o simplíssimo que avançava para cima dos ajudantes que se chutavam uns aos outros. Em vão caprichavam nas massas e buscavam ajuda nas raras especiarias do Oriente. Bastava que a comida chegasse à mesa e desta fosse alçada à boca de Sua Majestade, para que todo o esforço se revelasse inútil. À primeira garfada, franzia-se o real sobrolho manifestando tédio e desapontamento. Logo os reais dedos se estendiam solicitando mais sal, mais açúcar ou, pior, uma taça de vinho com que lavar o sabor reprovado. E o guardanapo era atirado à mesa com desdém, branca mortalha sobre as expectativas depositadas em mais uma refeição.

Não que Sua Majestade passasse fome. Jamais o enfado alimentar o levaria tão longe. Se as refeições pouco ou nada lhe agradavam, socorria-se com confeitos, bombons e guloseimas sempre ao seu alcance em caixinhas de prata ou pratinhos de cristal. Algo faltava-lhe, porém. Uma saudade indistinta parecia aninhar-se entre sua língua e o céu da boca, escorrendo garganta abaixo e ameaçando-o de eternidade.

Gotejava justamente o amargo sabor em direção às vísceras naquela manhã em que, regressando a cavalo de um passeio, o Rei foi alcançado por um perfume. Nem de jasmim nem de rosa vindo de algum jardim. Nem imitação daqueles, exalada por alguma dama. Era um suave, inebriante, tentador perfume de sopa.

Como se obedecendo a um sinal do destino, os sinos da catedral bateram naquele momento doze badaladas que, repercutindo uma a uma no estômago de Sua Majestade, encheram de água a real boca.

— Que se capture esse cheiro! — ordenou, mal contendo o apetite. E vendo a surpresa espalhar-se ao redor, corrigiu: — Que se contrate esse cozinheiro!

O cozinheiro, descobriu-se em seguida, era uma cozinheira. Que entre espanto e alegria viu-se arrancada da cozinha da sua modesta hospedaria e levada para a resplandecente cozinha do palácio.

Ali, rodeada pelos cozinheiros até então titulares, tendo à sua disposição ingredientes com que nunca havia sonhado, a cozinheira sentiu-se outra. Era chegado seu grande momento. Amarrou bem o avental, arregaçou as mangas sobre os braços roliços, e começou a caprichar. Nada de comezinhas sopas para um rei. A situação exigia algo mais imponente. Esmerou-se nos assados arrancando dos ganchos lebres e aves. Produziu um pastelão de três andares recheado de delícias e rodeado de frutas e flores. Desenformou uma torta de doces picos nevados. E ao fim suspirou satisfeita.

Acotovelando-se para espiar pela fresta da porta, todos os integrantes da cozinha real viram a refeição ser levada à mesa pelos camareiros. E viram o Rei farejando o ar, franzindo o sobrolho. E atirando o guardanapo antes mesmo que o pastelão fosse cortado.

Demitida a cozinheira, tudo voltou ao antigo rumo entre forno e fogões, enquanto os pálidos dedos do Rei retomavam seu caminho entre prata e cristal.

E assim teria continuado se algum tempo depois, voltando da caça, o Rei não tivesse esbarrado com o nariz em outro perfume alentador. Era pão, dessa vez, que um humilde padeiro acabava de tirar do forno.

— Quero esse pão e esse padeiro! — exclamou o Rei vendo-o à porta da padaria com as mãos ainda brancas de farinha.

Logo o padeiro foi introduzido na grande cozinha real e, rodeado pela expectativa geral, meteu as mãos na massa. Mas à farinha acrescentou noz-moscada, a água substituiu por leite, afofou com bastante manteiga, borrifou tudo com água de laranjeira e salpicou a superfície com nozes e sementes. Não haveria de fazer para o Rei o mesmo simples pão que fazia na sua padaria.

Como ele havia pretendido, o pão que chegou à real mesa não tinha o mesmo perfume nem o mesmo sabor daquele que o havia trazido até ali. Mas, como ele não havia previsto, o guardanapo voou e com ele seu recém-emprego.

Houve ainda um episódio envolvendo um ensopado de coelho e outro relacionado com uma fritada de cebolas, devidamente transformados em fricassê e suflê. Houve também alguns cozinheiros postos à porta. Depois, o Rei desistiu.

Ou acreditou ter desistido, até atravessar a praça da cidade e trombar com um certo aroma de favas com presunto.

Dessa vez não ordenou nada, nada disse. Manteve a boca fechada, com sua água. Apenas esporeou o cavalo levemente, conduzindo-o ao longo daquele cheiro como se seguisse um caminho, até passar diante de uma pequeníssima hospedaria. Não se deteve. Seguiu para o palácio, acompanhado por seus cavaleiros e pela admiração do povo que pela primeira vez o via percorrer ruelas.

À noite, porém, uma figura envolta em um manto, com a cabeça coberta por largo chapéu, deixou os salões através de uma passagem secreta, varou as muralhas palacianas, e saiu por uma portinhola atrás da casa da guarda. Esgueirando-se, dirigiu-se para a hospedaria.

Não tirou o chapéu ao entrar. Nem o manto. Sentou-se à mesa mais apartada, no canto mais escuro, soprou o toco de vela que brilhava no candeeiro. E em voz baixa pediu uma tigela de favas. Não demorou, pediu outra. Em seguida, outra mais.

Pela primeira vez na vida, o Rei acariciou a barriga cheia. Esperou passarem alguns minutos de pura beatitude. Depois, protegido pelo manto e pela aba do chapéu, retirou-se deixando sobre a mesa uma moeda que trazia gravado seu perfil.

A partir de então, cessaram no palácio as demissões dos cozinheiros. As travessas, as sopeiras, as molheiras e os espetos ainda voltavam cheios para a cozinha. Mas o Rei já não franzia o sobrolho. Nas noites mais escuras, a silhueta emantada escapulia pela portinhola atrás da casa da guarda, esgueirando-se até tabernas, vendinhas e hospedarias. E ainda que alguém tivesse prestado atenção naquele homem sombrio e misterioso, jamais o teria visto atirar com desdém o guardanapo sobre a mesa. Mesmo porque, naqueles lugares, guardanapo era coisa que não existia.

NAQUELA CIDADE

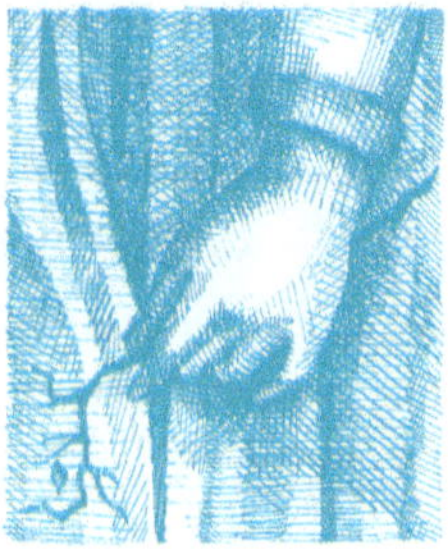

Era só o sol lançar seu primeiro raio por cima dos muros, e abriam-se as portas daquela cidade, deixando sair homens armados. Apenas um punhado de cada vez, sem couraça ou elmo, e a pé. Mas comandados por um cavaleiro reluzente, e suficientes para reforçar uma tropa distante, ajudar a tomar um castelo, conquistar uma terra. Nenhum deles estava de volta à tardinha, quando as portas eram fechadas. Outros partiriam na manhã seguinte.

Assim é que os homens daquela cidade nunca sabiam se poderiam acabar seu serviço. O carpinteiro talvez deixasse seu lenho por aplainar, naquela cidade, se os homens do rei viessem buscá-lo trocando sua plaina pela espada. Talvez queimasse o pão, no forno daquela cidade, se requisitassem o padeiro arrancando-lhe o avental para entregar-lhe o escudo. A jarra era abandonada no torno, o tecido esquecido no tear, e as mós do moinho rodavam, rodavam, sem que nenhum grão lhes caísse entre os dentes, enquanto o oleiro, o tecelão, o moleiro saíam pela grande porta marchando no mesmo passo.

Mas o rei, ah! o rei nunca parava de assinar. Com sua pena de ganso, seu sinete de ouro, assinava e lacrava declarações de guerra, alianças, tratados, sem que ninguém jamais viesse interrompê-lo.

Então foi primavera. E se alguém naquela cidade tivesse prestado atenção, teria percebido entre o primeiro cantar dos pássaros e o vibrar das folhas novas um ruído diferente, farfalhar ligeiro, roçar de escama ou pano sobre as pedras do chão. E se, tendo prestado atenção, alguém se debruçasse na janela à noite, veria talvez na densa sombra dos cantos, nos negros poços cavados pela lua, o vulto esquivo de uma mulher, a silhueta de outra, escorrendo suas longas saias, esgueirando seus véus, negro sobre o negro avançando na escuridão.

Não iam longe, as mulheres. Não faziam grande coisa. Na mão branca, sob as vestes, cada uma trazia um graveto, um só. Que depositava aos pés do palácio do rei.

Noite após noite, as mulheres daquela cidade abriram o estojo dos dedos e, como pássaras, depositaram seu raminho. E porque era primavera, aconteceu que um ramo ou outro estivesse florido.

A princípio, os servos do rei varreram os raminhos pela manhã. Depois, vendo as flores que amanheciam frescas de orvalho, e tomados eles próprios por um certo encantamento primaveril, consideraram aquilo como uma homenagem e deixaram que se acumulassem, enfeitando os muros cinzentos.

Um ramo entrelaçado a outro ramo, crescia lentamente ao redor do palácio o enorme ninho. Alguns galhinhos, tendo encontrado resíduos de terra e favorecidos pela estação, começavam a brotar. E o nobre que em momento de tédio assomou a uma varanda perguntou-se intrigado que estranha novidade seria aquela que aprontavam os jardineiros.

Quentes faziam-se as noites com o chegar do verão. A primeira chama, tão pequena, nem pareceu esquentar mais o ar. É provável que ninguém sequer a tivesse visto, levada ligeira pela mão branca. Uma chama pequena não faz barulho. Nem duas. A segunda veio do outro lado da cidade, e quem a viu certamente a confundiu com um vaga-lume iluminando de leve o andar de uma dama. Se alguém percebeu a terceira, ninguém sabe. No liso veludo da noite, uma vela aqui, uma centelha acolá, uma tocha lá longe, vieram se chegando, procurando seu aconchego no ninho.

Uma chama pequena não faz barulho. Nem duas. Talvez somente um leve estalo, rascar seco de quem lambe com língua áspera. Mas, um estalo aqui, outro acolá, de repente um ronco medonho ergueu-se do ninho, como se em seu miolo acordasse incontida fera. E roncando e gemendo e retorcendo-se no ar, a imensa labareda subiu pelos muros, entrou pelas janelas, abocanhou as cortinas, abraçou todo o palácio.

Arderam os pergaminhos do rei, o calor secou seus tinteiros. A pena de ganso voltejou por um instante antes de desfazer-se em centelhas. O ouro do sinete escorreu em gotas sobre a mesa. No palácio em chamas, o rei tentava em vão apagar o incêndio com seu cetro, e já o fogo lhe beijava as vestes.

Lá longe, no campo recém-conquistado, os homens deitados entre as hastes de cevada viram o horizonte clarear. Mas era do lado do palácio, do lado do poente, e ainda faltava muito para o amanhecer. Então souberam que não haveria outra batalha no dia seguinte. E nem seria preciso esperar o sol, para encontrar o caminho da volta.

LUZ DE LANTERNA, SOPRO DE VENTO

E tendo o marido partido para a guerra, na primeira noite da sua ausência a mulher acendeu uma lanterna e pendurou-a do lado de fora da casa. — Para trazê-lo de volta — murmurou. E foi dormir.

Mas ao abrir a porta na manhã seguinte, deparou-se com a lanterna apagada. "Foi o vento da madrugada", pensou olhando para o alto como se pudesse vê-lo soprar.

À noite, antes de deitar, novamente acendeu a lanterna que, a distância, haveria de indicar ao seu homem o caminho de casa.

Ventou de madrugada. Mas era tão tarde e ela estava tão cansada que nada ouviu, nem o farfalhar das árvores, nem o gemido das frestas, nem o ranger da argola da lanterna. E de manhã surpreendeu-se ao encontrar a luz apagada.

Naquela noite, antes de acender a lanterna, demorou-se estudando o céu límpido, as claras estrelas. — Na certa não ventará — disse em voz alta, quase dando uma ordem. E encostou a chama do fósforo no pavio.

Se ventou ou não ela não saberia dizer. Mas antes que o dia raiasse já não havia nenhuma luz, a casa desaparecia nas trevas.

Assim foi durante muitos e muitos dias, a mulher sem nunca desistir acendendo a lanterna que o vento, com igual constância, apagava.

Talvez meses tivessem passado quando num entardecer, ao acender a lanterna, a mulher viu ao longe, recortada contra a luz que lanhava em sangue o horizonte, a escura silhueta de um homem a cavalo. Um homem a cavalo que galopava na sua direção.

Aos poucos, apertando os olhos para ver melhor, distinguiu a lança erguida ao lado da sela, os duros contornos da couraça. Era um soldado que vinha. Seu coração hesitou entre o medo e a esperança. O fôlego se reteve por instantes entre os lábios abertos. E podia ouvir os cascos batendo sobre a terra, quando começou a sorrir. Era seu marido que vinha.

Apeou o marido. Mas só com um braço rodeou-lhe os ombros. A outra mão pousou na empunhadura da espada. Nem fez menção de encaminhar-se para a casa.

Que não se iludisse. A guerra não havia acabado. Sequer havia acabado a batalha que deixara pela manhã. Coberto de poeira e sangue, ainda assim não havia vindo para ficar. — Vim porque a luz que você acende à noite não me deixa dormir — disse-lhe quase ríspido. — Brilha por trás das minhas pálpebras fechadas, como se me chamasse. Só de madrugada, depois que o vento sopra, posso adormecer.

A mulher nada disse. Nada pediu. Encostou a mão no peito do marido, mas seu coração parecia distante, protegido pelo couro da couraça.

— Deixe-me fazer o que tem que ser feito, mulher — disse ele sem beijá-la. De um sopro apagou a lanterna. Montou a cavalo, partiu. Adensavam-se as sombras, e ela não pôde sequer vê-lo afastar-se recortado contra o céu.

A partir daquela noite, a mulher não acendeu mais nenhuma luz. Nem mesmo a vela dentro de casa, não fosse a chama acender-se por trás das pálpebras do marido.

No escuro, as noites se consumiam rápidas. E com elas carregavam os dias, que a mulher nem contava. Sem saber ao certo quanto tempo havia passado, ela sabia porém que era tanto.

E passado outro tanto, uma tarde em que à soleira da porta despedia-se da última luz no horizonte, viu desenhar-se lá longe a silhueta de um homem. Um homem a pé que caminhava na sua direção.

Protegeu os olhos com a mão para ver melhor e aos poucos, porque o homem avançava devagar, começou a distinguir a cabeça baixa, o contorno dos ombros cansados. Contorno doce, sem couraça. Hesitou seu coração, retendo o sorriso nos lábios — tantos homens haviam passado sem que nenhum fosse o que ela esperava. Ainda não podia ver-lhe o rosto, oculto entre barba e chapéu, quando deu o primeiro passo e correu ao seu encontro, liberando o coração. Era seu marido que voltava da guerra.

Não precisou perguntar-lhe se havia vindo para ficar. Caminharam até a casa. Já iam entrar, quando ele se deteve. Sem pressa voltou-se, e embora a noite ainda não tivesse chegado, acendeu a lanterna. Só então entrou com a mulher. E fechou a porta.

RIO ABAIXO, RIO ACIMA

Suado depois de longa caçada, um deus banhou-se no rio. E, em recompensa pelo refrigério, cada minúscula gota do seu suor fez-se ouro. Ouro escorreu brilhante pelo corpo do deus, dourando a areia a seus pés, os pequenos seixos, as escamas dos peixes, os juncos das margens, e a água toda ao redor.

Assim aconteceu que o rio escorresse azul até aquele exato ponto, para tornar-se a partir dali cintilante como uma lâmina, corrente feita de tantos pequenos pontos preciosos, tantas minúsculas pepitas que revolteando e sem se esgotar fluíam rumo ao mar.

Atravessando o vale, a rica carga do rio chegou enfim a uma cidade. Passou debaixo da primeira ponte, atardou-se no remanso em que as lavadeiras lavavam roupa. Mas antes que chegasse à segunda ponte, os gritos delas haviam alertado a população, e enquanto tantos se lançavam às margens com baldes e panelas, uns poucos providenciavam pedras e tijolos, carroças e argamassa, para erguer uma barragem.

Não demorou muito, o rio estava represado. Agora nenhuma gota passaria dali. A riqueza estava presa. E cada cidadão passou a recolher diariamente sua parte, enchendo jarros, potes, tigelas e pratos fundos, abarrotando cofres e baús.

Os rios fluem de dia, e fluem de noite. E vendo a riqueza que não parava de chegar, o homem mais rico da cidade começou a pensar que aquela gente toda já havia guardado ouro mais que suficiente para suas modestas necessidades, e que ele merecia ter mais que os outros já que, mais que os outros, sabia multiplicá-lo.

Agiu em silêncio. Então uma noite, enquanto todos dormiam, o rio deixou de correr. E na manhã seguinte, os que haviam dormido viram que nada escorria entre as margens.

O homem rico havia represado o rio acima da cidade. E agora estava ainda mais rico, porque o ouro que fluía até a barragem era todo seu.

— Por que só dele, se é nosso pai? — perguntaram-se os filhos do homem rico. — Por acaso não temos o mesmo direito, nós que temos o mesmo sangue?

Providenciaram pás e picaretas, cordas e roldanas, encilharam mulas. E partiram, rio acima.

Só pararam bem além da represa do pai. Ali, juntos, ergueram uma outra barragem.

Vendo esgotar-se seu fluxo de riqueza, o comerciante pôs as mãos na cabeça e, dirigindo-se à praça do mercado, começou a gritar em altos brados.

— Irmãozinhos meus, concidadãos! Eu, que só queria o bem, fui roubado pelos meus próprios filhos!

Assim gritava, enquanto pessoas assomavam às janelas, e alguns passantes se juntavam ao seu redor.

— Represei o rio para erguer um lindo monumento de ouro na cidade — gritou ainda, tratando de fazer estremecer a voz como se estivesse à beira do pranto. — E meus filhos gananciosos quiseram ficar com o rio só para eles.

Entre os que o ouviam, alguns, percebendo uma boa ocasião de recuperar a riqueza perdida, concordaram em subir com ele rio acima.

Andaram, andaram e chegaram à barragem do homem rico, onde os peixes dourados morriam na lama dourada.

Seguiram.

Andaram, andaram e chegaram à barragem dos filhos do homem rico, onde a água brilhava roubando a luz do sol.

Seguiram.

Mas não andaram muito. Porque alguns metros acima viram que a água era azul e transparente, e branca a areia do fundo sobre a qual nadavam peixes coloridos. Não havia ali nem o mais minúsculo ponto de ouro, daquele ouro que parecia surgir do nada, bem junto à barragem dos filhos do homem rico.

Nem assim hesitaram. Pouco antes do ponto em que o deus se havia banhado, ergueram sua barragem. Se eles não podiam ficar com aquela riqueza, ninguém ficaria.

E o rio perdeu sua força metálica, devolveu a luz ao sol. Esquecido do mar, aquietou-se atrás de pedras e tijolos, espraiou-se largo e sereno como um lago.

Os homens voltaram à cidade. Sem ouro. Sem rio.

E passado muito, muito tempo, outros homens, que não sabiam do ouro nem sabiam do rio, vieram com suas mulheres e filhos instalar-se à beira do lago. Construíram suas casas perto das margens. E porque havia tantos peixes e flores e garças sentiram-se ricos.

AS JANELAS SOBRE O MUNDO

Porque queria ver um mundo novo a cada dia, aquele Rei mandou construir um palácio com 365 janelas. Sem que nenhuma tivesse a mesma vista da outra.

Esmeraram-se os arquitetos para obedecer à sua vontade. E, um tijolo após o outro, o palácio foi crescendo cheio de quinas, de lados, de torres, de terraços e de janelas, janelas, janelas.

Anos foram consumidos nos trabalhos. Mas afinal a manhã chegou em que, com grande pompa, o Camareiro Real abriu a primeira janela. E Sua Majestade debruçou-se. À sua frente, paisagem inaugural, estava a elegante esplanada de acesso ao castelo, com sua estrada branca ao primeiro sol, e cavaleiros galopando ao longe. O Rei mal lhe deitou um olhar. E logo retirou-se. Era um monarca muito ocupado.

Na segunda janela, no segundo dia, já não foi uma estrada o que se descortinou à vista de Sua

Majestade. Esguias silhuetas de ciprestes desenhavam o dorso de uma colina. Que interesse pode haver em ciprestes?, pareceu dizer o olhar do Rei, que apenas os aflorou.

Distantes montanhas nevadas o esperavam além dos vidros no terceiro dia. Uma cidade envolta em bruma ofereceu-se aos seus olhos no quarto. E ao quinto dia um rio rumorejava debaixo da janela.

Embora nada o detivesse além de breves momentos, viajava o Rei sem sair do palácio. E não saberia dizer quanto havia viajado naquela manhã em que, apoiando as mãos no mármore do peitoril, inclinou-se de leve e, junto a uma roseira entre campo e jardim, viu uma moça. Mais bela que a roseira, mais bela que o jardim. Pelo menos, assim lhe pareceu. Bela como mel, pensou o Rei, talvez devido à doçura que subitamente o invadia. E apoiando os cotovelos no mármore, deixou-se ficar ao longo de todo o dia contemplando-a, alheio às tarefas da corte. Ao cair da tarde a moça retirou-se. A janela foi fechada.

O Rei bem que desejou mandar abri-la na manhã seguinte. Mas nas outras janelas o mundo inteiro esperava por ele. E o Rei disse a si mesmo que talvez a moça nem viesse naquele dia. E disse ainda que poderia encontrá-la em alguma das próximas paisagens. E perguntou-se de que valeria ter um palácio com 365 janelas se só se debruçasse em uma delas. Então mandou o Camareiro abrir a próxima janela e nela se debruçou.

A paisagem que o esperava, porém, não era a que ele queria ver. Um bosque murmurava à sua frente, verdes caminhos perdiam-se entre os troncos. Mas o

Rei só pensava em um campo, um jardim, e uma roseira entre os dois. Quando o dia terminou e a janela foi fechada, o Rei percebeu que seu desejo já se projetava para a janela seguinte.

Dia após dia, levado pelo seu desejo, o Rei percorreu as janelas do palácio. Teria acompanhado cada passo do ano, se apenas olhasse com atenção, se apenas se demorasse um pouco mais. Mas todas as paisagens o Rei apenas sobreolhou, porque nenhuma era aquela onde crescia a roseira, nenhuma era aquela que transudava mel. Pouco viu do verão, mal percebeu o outono, e registrou o inverno apenas como um frio que o impedia de abrir os vidros e o forçava a abrigar-se entre peles. Sem que ele lhe desse importância, o tempo também trocava seus cenários.

E tendo passado um ano, a manhã chegou em que, já sem pompa, o Camareiro o precedeu frente à janela tão esperada. O Rei sentiu seu peito abrir-se junto com os batentes. E de peito aberto, debruçou-se sobre a paisagem em que entre um campo e um jardim a veria.

Entre o campo e o jardim a roseira começava sua brotação. Mas a moça não estava lá.

Não estava naquela manhã. Não veio à tarde. À noite certamente não viria.

O Rei sequer mandou fechar a janela.

Foi a ela que se dirigiu na manhã seguinte. E em todas as manhãs que vieram depois. Das outras janelas, nem se lembrava.

Agora não olhava somente para a frente, como havia feito até então. Não pousava o olhar de leve como se admirasse uma pintura. Porque em algum

lugar aquela paisagem abrigava a moça, ele a esquadrinhava inteira, nos seus mínimos detalhes. E quando acreditava já conhecê-la toda, percebia que ainda havia muito para descobrir. Olhava com tanta intensidade que se sentia levado para longe, para além daquilo que podia ver, até alcançar regiões que apenas intuía. Seus olhos não tinham mais o estreito limite da visão. Ele viajava naquela única janela mais do que havia viajado em todas as outras.

A roseira floresceu, depois perdeu suas rubras pétalas, fez-se cor de outono. E a moça não tinha vindo. Nos galhos secos não havia mais nenhuma folha. O Rei agora se encapotava, para chegar à janela. Mas os vidros continuavam abertos. Caíram os primeiros flocos. A neve igualou campo e jardim. Será que a moça viria nesse frio?, perguntava-se o Rei debruçado sobre o silêncio.

E assim debruçado, uma manhã bem cedo, viu um focinho prateado emergir da toca ao pé de um tronco, e a raposa sair carregando na boca seu filhote. Não, certamente a moça não viria, pensou o Rei respondendo à sua própria pergunta. Não enquanto fosse inverno. Seria preciso esperar o degelo. E o degelo, pensou o Rei, ainda ia demorar. Levantou a gola de peles, protegeu as mãos dentro das mangas. O céu estava baixo e branco, logo nevaria outra vez. E olhando o rastro da raposa o Rei percebeu, num sorriso, que não tinha pressa. O mundo era vasto diante da janela. E no escuro do seu peito o mel começava a gotejar.

GRANDE DELICADEZA, PERFUMADAS FLORES

Inclinando-se diante do Rei, o Embaixador chinês estendeu o presente enviado por seu monarca. Uma caixa de laca, quadrada. Aberta a tampa, outra caixa. Quadrada também, mas de leve madeira entalhada, quase renda. E dentro dessa, ao fundo, um vaso pequeno de porcelana do qual despontava uma muda.

— Raríssima espécie de magnólia, trazida de vale distante — disse o Embaixador prostrado. — Grande delicadeza, perfumadas flores.

E todos na sala do trono curvaram a cabeça para a frente, reverentes como se bafejassem sobre a planta pequena.

Extraída da caixa de laca, entregue aos melhores botânicos do reino, a muda cresceu mais forte do que eles mesmos haviam esperado. Em breve superava as medidas da sua estufa rendada. Outra maior foi providenciada. E quando esta pareceu pequena, também o vaso havia-se tornado insuficiente.

O Rei convocou então os astrólogos, escolheu com eles o lugar mais propício no imenso jardim. Ali foi plantada a magnólia.

Não exposta a sol e vento, porém. Ao seu redor, quadrada a princípio e aos poucos perdendo a rigidez, foi erguida uma estufa cheia de recortes, ripados, janelinhas, postigos, que deixasse entrar luz e ar sem pôr em risco a delicadeza oriental da planta.

À medida que a magnólia crescia, atarefavam-se ao seu redor marceneiros e arquitetos, tratando de também fazer crescer sua estufa. Há muito havia deixado de parecer-se com uma caixa. Durante alguns anos assemelhou-se a uma casa, depois a um palacete. E porque a magnólia ainda aumentava, ao seu redor foi se criando um palácio.

Palácio transparente, etéreo, em que as folhas brilhantes moviam-se lentas, quase sem farfalhar, mas abrigavam pássaros. E onde do alto de cinco torres os Vigias da Magnólia cuidavam de que nada lhe faltasse, e a cada primavera anunciavam sua brotação.

Era então que o Rei e suas esposas, acompanhados de alguns cortesãos privilegiados, mudavam-se para o palácio da magnólia.

Tapetes, coxins, e a densa sombra. Não apenas da árvore. Mas da própria estrutura do palácio. Pois, embora vazado, permitindo que o mundo externo fosse visto em tantos pedacinhos, como um mosaico, nenhum raio de sol penetrava nos entalhes, e os postigos inclinados protegiam as janelas. A planta não corria riscos.

Ali os Ministros eram convocados para os despachos, ali os Embaixadores apresentavam suas credenciais, ali o Rei permanecia até o outono.

Partido este, ainda permaneciam suas esposas. Que, subindo em altas escadas, enrolavam galho por galho em suaves lãs, não houvesse a magnólia a sofrer com o frio do inverno.

Flores, porém, aquelas flores prometidas com ela, nunca haviam chegado.

Trezentos anos se passaram. Morto o rei que havia recebido a caixa de laca, mortas as suas esposas e todos os seus filhos, mortos os filhos daqueles filhos, e os netos dos netos desses, vicejava fresca a magnólia.

E naquele tricentésimo ano, com a chegada do calor e o anúncio dos Vigias da Magnólia, o Rei, que já não se parecia com o rei primeiro, havia se mudado com sua esposa e os mais destacados cortesãos para debaixo da árvore. Tapetes, divãs, e a sombra tão densa como sempre. Naquele ano, entretanto, de repente, um ruído percorreu a verde quietude, como uma rachadura. Um ruído novo, diferente de todos, estalar de lenhos que, tendo se anunciado discreto, logo inchou como gemido de barco em tempestade.

Debruçavam-se do alto os Vigias, a corte olhava de baixo. Um galho pareceu espreguiçar-se, estendeu-se, cresceu, projetou-se para fora de um postigo. Um outro meteu-se pelo rendilhado, estilhaçando madeiras. E outro, e outro, lançaram-se para fora empurrando, forçando, derrubando. O telhado da estufa caiu com um cascatear de sarrafos. Ripas rebentaram. As paredes destroçadas mal e mal se mantinham de pé. A magnólia expandia-se em pleno sol.

Temeu por ela o Rei, cochichou assustada a corte. À sombra que agora era só das folhas, esperaram.

Não demorou muito para que os Vigias anunciassem nova e extemporânea brotação. Pouco demorou até o abrir dos botões.

E quando os botões abriram-se em pétalas, todos viram as flores que o Embaixador distante havia prometido. Todos se entregaram ao perfume que se alastrava no reino.

Os primeiros a chegar foram os habitantes da cidade. Sentaram-se nos gramados, postaram-se ao longo dos caminhos. Nos galhos, novos botões faziam-se pétalas. A notícia espalhava-se com o perfume. Depois vieram os habitantes do vale. E vieram os habitantes da encosta. A magnólia, branca, mais branca se fazia. De outros reinos, vinham. A cavalo, a pé, de charrete, os velhos nas costas dos moços, as crianças no colo das mães. Vinham, e vinham.

Todos queriam ver a floração. E todos viram, porque ela atravessou o verão, varou o outono. Quando a primeira pétala branca caiu, o frio havia trazido a neve. Difícil agora distinguir os dois brancos. Só não havia mais perfume. Nem pássaros.

Enregelada, a multidão voltou para suas casas. O Rei regressou com a corte ao Palácio de Inverno.

Sozinha, coberta de neve, a magnólia ainda se manteve branca como se florida.

Mas quando a primavera chegou depois do degelo, por mais que os Vigias se esforçassem, não foi possível anunciar a brotação. Os galhos que ninguém havia envolto em lãs continuaram despidos, os pássaros não vieram procurá-los, e a magnólia vinda do Oriente, planta de grande delicadeza, não acordou.

COM SUA VOZ DE MULHER

Aquele deus era dono daquela cidade como um mortal seria dono de fazenda ou sítio. Não era grande a cidade. O templo, casas, e campos ao redor. Mas porque era dono daquela cidade, o deus era também responsável pela felicidade dos seus habitantes.

E um dia, pelas preces, percebeu que os habitantes não eram felizes.

— Nada lhes falta — disse o deus, em voz alta. — Cuido para que as estações se sigam em boa ordem. Garanto-lhes colheita no campo e comida na mesa. Nenhum grão apodrece nas espigas. Nenhum ovo gora nos ninhos. E seus filhos crescem. Por que então não são felizes?

Porém os homens desconhecem as perguntas dos deuses. E embora tivesse falado em voz tão alta que poderia ser ouvida de uma estrela a outra, ninguém lhe respondeu.

A cidade estava na palma da mão do deus. E ainda assim tão longe que ele não via os sentimentos daquelas pessoas. — Irei até lá — disse a alta voz. — Entre eles, verei melhor o que se passa.

E tendo decidido, abriu seus imensos guarda--roupas à procura de uma identidade com a qual apresentar-se no mundo dos mortais. Havia ali peles e couros de todos os animais, da lisa pele da gazela à áspera couraça do rinoceronte. O pescoço da girafa pendia de um cabide, plumas coloridas despontavam na prateleira e numa gavetinha enfileiravam-se as preciosas carapaças dos insetos. Mas dessa vez não seria como animal que desceria à Terra. Remexeu entre as peles dos humanos, suspendeu uma escura, bronzeada de sol, hesitou por um instante. Depois escolheu a mais lisa e macia, fechou-se bem dentro dela, cobriu-se com uma túnica. E desceu.

E eis que aquela mulher de longos cabelos apareceu na cidade dizendo que era deus, e ninguém acreditou. Fosse deus, teria vindo como guerreiro, herói, ou homem poderoso. Fosse deus, apareceria como leão, touro bravio ou águia lançando-se das nuvens. Até o crocodilo e a serpente poderiam abrigar deus em seu corpo. Mas uma mulher vinda das ruas estreitas nada mais podia ser que uma mulher.

E assim o deus prendeu seus longos cabelos sobre a nuca e foi procurar um trabalho. Mas a uma mulher não se dá trabalho de ferreiro, nem se põe na carroça a conduzir cavalos. Uma mulher não é aquela que comanda soldados. Uma mulher não é sequer aquela que conduz o arado. E depois de muita procura, o deus-mulher só conseguiu empregar-se em uma casa para ajudar nas tarefas domésticas.

Era uma boa casa a que o acolheu. A esposa diligente, o marido trabalhador. Poeira não se juntava nos cantos, embora a trouxessem em suas sandálias. E os filhos cresciam como crescem filhos que não têm doenças. Porém, pouco sorriam. Cumpriam suas tarefas de dia. À noite juntavam-se no estábulo para aproveitar o calor dos animais. As mulheres fiavam. Os homens consertavam ferramentas ou faziam cestos. Ninguém falava. As noites eram longas depois de longos dias. Os humanos se entediavam.

Até mesmo o deus, de fuso na mão, se entediava. E uma noite, não suportando a mesmice dos gestos e do silêncio, abriu a boca e começou a contar.

Contou uma história que se havia passado no seu mundo, aquele mundo onde tudo era possível e onde viver não obedecia a regras pequenas como as dos homens. Era uma longa história, uma história como ninguém nunca havia contado naquela cidade onde não se contavam histórias. E as mulheres ouviram de olhos bem abertos, enquanto o fio saía fino e delicado entre seus dedos. E os homens ouviram esquecidos das ferramentas. E o menino que chorava adormeceu no colo da mãe. E as outras crianças vieram sentar-se aos pés do deus. E ninguém falou nada enquanto ele contava, embora em seus corações todos estivessem contando com ele.

A noite foi curta aquela noite.

Na noite seguinte, reunidos todos no estábulo, como todas as noites, o deus não falou. As mulheres olhavam para ele de vez em quando, por cima do fuso. Os homens evitavam fazer barulho, deixando o silêncio livre para ele. Todos esperavam. Mas as

crianças, que brincavam com o deus-mulher durante o dia, vieram juntar-se ao seu redor. Uma puxou de leve a saia do deus-mulher e pediu: — Conta!

E com sua voz de mulher o deus contou.

Assim, noite após noite o deus entregou suas histórias à família como até então lhes havia entregue as frutas maduras cheias de sementes. E não apenas àquela família, porque logo o vizinho da frente soube, e à noite apresentou-se com os seus no estábulo para também ouvir. E depois foi a vez do vizinho do lado. E em pouco tempo o estábulo estava cheio, e pessoas amontoavam-se nas janelas e porta.

Agora, durante o dia, enquanto aravam, martelavam, enquanto erguiam o machado, os homens lembravam-se das histórias que tinham ouvido à noite, e tinham a impressão de também navegar, voar, cavalgando trovões e nuvens como aquelas personagens. E as mulheres estendiam lençóis como se armassem tendas, repreendiam o cão como se domassem leões, e atiçando o fogo chuçavam dragões. Até o pastor com suas ovelhas não estava mais só, e as ovelhas eram sua legião.

Os homens sorriam debruçados sobre suas tarefas, as mulheres cantavam e tinham gestos amplos nos braços, e as crianças se enrodilhavam estremecidas de medo e de prazer. O tédio havia desaparecido.

Foi quando uma mulher que havia estado no estábulo passou a repetir as histórias do deus para outros habitantes da cidade. Repetir exatamente, não. Aqui e ali acrescentava coisas, tirava outras e cada história, sendo a mesma, era outra. Mais que contar, recontava. Depois houve um rapaz, que também. E, o tempo passando, ninguém mais podia dizer com certeza de onde tinha vindo esta ou aquela história, e quem a havia contado primeiro.

Ninguém podia dizer, tampouco, qual o paradeiro daquela mulher de longos cabelos presos sobre a nuca, que um dia havia aparecido na cidade vinda não se sabe de onde. E que em outro dia havia partido com seu carregamento de histórias, para o mesmo lugar.

Bate-papo com

Marina Colasanti

A seguir, conheça mais sobre a vida, a obra e as ideias da autora de Longe como o meu querer.

Reprodução

A força das palavras

NOME: Marina Colasanti
NASCIMENTO: 26/9/1937
ONDE NASCEU: Asmara, Eritreia
ONDE MORA: Rio de Janeiro (RJ)
QUE LIVRO MARCOU SUA ADOLESCÊNCIA: não foi um livro, foi a coleção La Scala d'Oro de clássicos adaptados para jovens.
MOTIVO PARA ESCREVER UM LIVRO: não tenho um motivo, tenho muitos. Um deles é que cada livro faz parte do conjunto da minha obra que ainda não está terminada.
MOTIVO PARA LER UM LIVRO: leio qualquer livro que me caia nas mãos, ainda que só para saber de que se trata.
PARA QUEM DARIA SINAL ABERTO: para os livros.
PARA QUEM FECHARIA O SINAL: para o livro oportunista, mal escrito, medíocre.

Marina Colasanti nasceu em Asmara, na **Etiópia** (África). Durante a Segunda Guerra Mundial, veio para o Brasil, onde se radicou. Tinha 11 anos. Desde criança, lia muito.

Os livros encheram sua vida de aventura e beleza, além de lhe darem a noção da força que as palavras têm. Na infância, era apaixonada por versões dos **clássicos** e **fábulas**. Quando jovem, apaixonou-se pelos escritores russos e norte-americanos.

Formada pela Escola Nacional de Belas-Artes, no Rio de Janeiro, dedicou-se durante algum tempo exclusivamente à **gravura** e depois ingressou no **jornalismo**. Trabalhou como repórter, redatora, editora e atuou em publicidade e em televisão, além de realizar numerosas traduções.

Seu primeiro livro foi lançado em 1968 e, de lá para cá, entre literatura infantil, juvenil e adulta, teve **mais de trinta títulos** publicados. Suas obras são conhecidas pela abordagem sensível de temas, que vão da condição da mulher até os problemas sociais brasileiros. Apesar da bem-sucedida carreira literária, a paixão pelas artes plásticas nunca foi abandonada: Marina costuma ilustrar seus livros, refletindo em seu traço a mesma delicadeza de sua escrita.

Marina Colasanti é casada com o poeta Affonso Romano de Sant'Anna, seu mais intenso companheiro intelectual, e tem duas filhas.

Na entrevista a seguir, ela nos fala sobre *Longe como o meu querer*, que recebeu o Prêmio Latino-americano Norma-Fundalectura/1996, e sobre sua intimidade com as palavras.

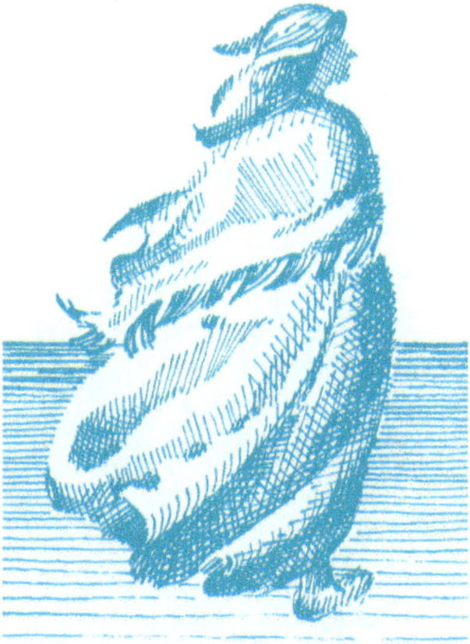

Como nasceram os contos que estão em *Longe como o meu querer*?

Os contos de fada, meus contos de fada, vêm de muito longe e de muito perto. Muito longe, porque tratam dos sentimentos mais antigos dos seres humanos: o amor, o medo da morte, o medo da vida, o ódio, a inveja, o eterno desejo de crescimento, essa coisa que o ser humano tem de abrir as asas da alma e voar. Muito perto porque o sentimento que me permite alcançar essas lonjuras pode ser despertado por uma frase, uma atitude, por um gesto, uma imagem, que me chegam hoje.

Em que você se inspira para escrever?

Tenho vários ramos de atividade literária. E cada um tem suas exigências. Quando escrevo sobre a questão das mulheres, por exemplo, trabalho a partir de dados concretos, de pesquisa.

E no caso da ficção?

Quando escrevo ficção para adultos, tenho em geral uma intenção crítica, e busco muito material na modernidade. Quando escrevo poesia ou conto de fada — que são farinha do mesmo saco —, vou buscar a matéria-prima no fundo, bem no fundo da alma.

Em alguns dos contos de *Longe como o meu querer* **aparecem elementos ligados à cultura árabe. Isso se deve a sua origem ou à influência de outras histórias, como por exemplo das** *Mil e uma noites?*

Eu nem pensaria nesses elementos como sendo de cultura árabe. O deserto, por exemplo, é muito mais do que isso, é um elemento simbólico poderoso, é um mar de outra consistência, é o império do sol, é a solidão do ser, é a grande travessia. Os elementos dos contos de fada são símbolos universais que pertencem a todas as culturas.

Quando você escreve, o tema surge mais ou menos pronto ou você vai construindo a história aos poucos?

A criação de um conto de fada parte de um ponto que funciona como um detonador, um ponto que me emociona. Preciso então me colocar à disposição dessa emoção, deixá-la crescer, deixar que me tome totalmente, e que me conte a história que quer contar.

Você poderia dar um exemplo?

É como se eu estivesse ligada num *walkman* interno. Às vezes esse *walkman* conta a história inteira, outras vezes para no meio e me deixa na mão. Isso quer dizer que uma história pode nascer de uma só vez, ou pode levar anos, às vezes muitos

Histórias que o mundo todo conhece

Muitos dos contos de fada registrados na literatura vieram da tradição oral. Antigamente, as histórias eram transmitidas de geração para geração oralmente. Alguns autores se inspiraram nessas histórias tradicionais, recolheram material e escreveram contos de fada que hoje já se tornaram clássicos. Entre eles estão os alemães Jacob e Wilhelm Grimm (*A Bela Adormecida*, *Branca de Neve*, *Cinderela*, *Rapunzel*) e o dinamarquês Hans Christian Andersen (*O Patinho Feio*, *O Soldadinho de Chumbo*, *A Pequena Sereia*), todos do século XIX. Muitas dessas fábulas foram adaptadas para o cinema por Walt Disney e se tornaram sucessos mais universais ainda.

anos, para se completar. Nunca se faz aos pedacinhos, porém. Quando ela se interrompe, posso esperar muito tempo que volte, e quando volta — se volta —, vem inteira.

O que você costuma ler?
Minha primeira leitura do dia são os jornais. Leio também muito material de informação relacionado a comportamento — livros, revistas, artigos — e os livros escritos por meus amigos escritores. Leio, com um prazer que só faz aumentar ao longo dos anos, história. Sempre fui leitora amante de poesia. E minha leitura do coração é literatura fantástica.

Em que medida o trabalho com a linguagem é importante na sua atividade de escritora?
Em medida total. Sou uma apaixonada pela forma. O trabalho da escrita, que é posterior ao da criação da história, é uma estiva. Mas é fascinante. Gosto de economia, dizer o máximo com o mínimo, o texto bem enxuto. E me ajoelho diante de uma bela metáfora.

Que tipo de público você imagina ter mais afinidade com sua obra?
Gostaria que fosse todo e qualquer. Mesmo porque escrevo gêneros muito diferentes, que podem alcançar diferentes pessoas.

Para você existe alguma relação entre este livro e o *Ana Z., aonde vai você?*, que também faz parte da série Sinal Aberto?
Existe uma relação muito estreita entre todos os meus livros. Essa relação sou eu.

Este livro recebeu um prêmio no exterior. Como é a sua relação com a crítica e as premiações?
A crítica sempre foi muito generosa comigo. Quanto aos prêmios, gosto de dois tipos: os que a gente não pleiteia e os que são dados ao trabalho antes que se saiba quem é o autor.

Significados múltiplos

Os textos de Marina Colasanti são sempre cheios de alegorias, um tipo de figura de linguagem — estratégia literária que o autor usa para conseguir um efeito diferente no texto. Alegoria é a representação figurativa que dá outro significado, além do literal, a algo que está sendo contado ou mostrado — ela se aplica também às artes plásticas. Neste caso, a alegoria é a representação concreta de uma ideia abstrata.

Obras da autora

PELA EDITORA ÁTICA

Ana Z., aonde vai você? (juvenil, 1993)
A casa das palavras (crônicas, 2002)
Penélope manda lembranças (contos, 2001)
Minha ilha maravilha (infantil, 2007)

POR OUTRAS EDITORAS

Eu sozinha (crônicas, 1968)
Nada na manga (crônicas, 1975)
Zooilógico (contos, 1975)
A morada do ser (contos, 1978)
Uma ideia toda azul (contos de fada, 1979)
A nova mulher (artigos, 1980)
Mulher daqui prá frente (artigos, 1981)
Doze reis e a moça no labirinto do vento (contos de fada, 1999)
A menina arco-íris (infantil, 1984)
E por falar em amor (ensaio, 1984)
O lobo e o carneiro no sonho da menina (infantil, 1985)
Uma estrada junto ao rio (infantil, 1985)
O verde brilha no poço (infantil, 1986)
Contos de amor rasgados (contos, 1986)
O menino que achou uma estrela (infantil, 1988)
Um amigo para sempre (infantil, 1988)
Aqui entre nós (artigos, 1988)
Será que tem asas? (infantil, 1989)
Ofélia, a ovelha (infantil, 1989)
A mão na massa (infantil, 1990)

Intimidade pública (artigos, 1990)
Agosto 91: estávamos em Moscou (coautoria com Affonso Romano de Sant'Anna, crônicas, 1991)
Entre a espada e a rosa (contos de fada, 1992)
Cada bicho seu capricho (poesia infantil, 1992)
Rota de colisão (poesia, 1993)
Um amor sem palavras (infantil, 1995)
O homem que não parava de crescer (juvenil, 1995)
De mulheres, sobre tudo (citações, 1995)
Eu sei mas não devia (crônicas, 1996)
Gargantas abertas (poesia, 1998)
O leopardo é um animal delicado (contos, 1998)
Um espinho de marfim e outras histórias (antologia, 1999)
Vinte vezes você (artigos, s.d.)
Esse amor de todos nós (compilação de textos, 2000)
A amizade abana o rabo (infantil, 2002)
A moça tecelã (contos, 2004)
Fragatas para terras distantes (ensaio, 2004)
Fino sangue (poesia, 2005)
23 histórias de um viajante (contos, 2005)
Era uma vez Dom Quixote (juvenil, 2005)
Os últimos lírios no estojo de seda (crônicas, 2006)
Minha tia me contou (juvenil, 2007)
Poesia em 4 tempos (2008)
Com certeza tenho amor (juvenil, 2009)
Do seu coração partido (juvenil, 2009)
Passageira em trânsito (poesia, 2009)

sinal aberto

Veja alguns títulos da série

fantasia

comportamento

social

De mãos atadas
Álvaro Cardoso Gomes
sinal aberto

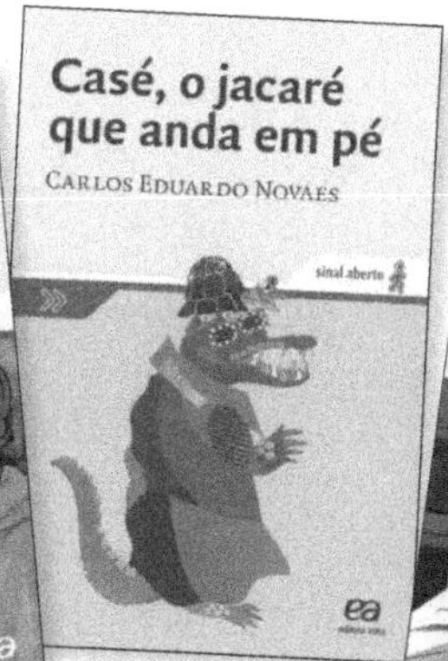
Casé, o jacaré que anda em pé
Carlos Eduardo Novaes
sinal aberto

A infância acabou
Renato Tapajós
sinal aberto

Isso não é um filme americano
Lourenço Cazarré
sinal aberto

Alucinado som de tuba
Frei Betto
sinal aberto

Vida de droga
Walcyr Carrasco
sinal aberto